Diogenes Taschenbuch 20808

Georges Simenon

# *Maigret und die Bohnenstange*

*Roman*

*Deutsch von Guy Montag*

Diogenes

Titel der Originalausgabe:
›Maigret et la grande perche‹

Die deutsche Erstausgabe erschien
1956 unter demselben Titel
Umschlagzeichnung von
Hans Höfliger


100/90/8/2
ISBN 3 257 20808 1

*Inhalt*


1. Maigret trifft eine alte Bekannte wieder, die ihr Leben auf ihre Art geändert hat und vom Traurigen Alfred und von einer mutmaßlichen Leiche berichtet 7

2. Ein wenig ist von Inspektor Boissier die Rede, mehr jedoch von einem Haus mit einem Vorgarten und einem Gitter sowie von einer Begegnung, die Maigret vor diesem Gitter hatte 29

3. Ernestine hüllt sich schamhaft in einen Morgenrock, und die alte Dame aus Neuilly stattet Maigret einen Besuch ab 57

4. Es stellt sich heraus, daß kein Verhör dem anderen gleicht, und Eugénies Ansichten hindern sie nicht daran, eine kategorische Erklärung abzugeben 82

5. Maigret erfährt anstelle Janviers die seltsame Meinung von Maria Serre, geborene van Aerts, über ihren Ehemann, und dann ist auch noch die Rede von sich daraus ergebenden Formalitäten 105

6. Maigret trifft eine Entscheidung, die seine Mitarbeiter verblüfft, und sein Büro nimmt das Aussehen eines Boxrings an 131

7. Man sieht eine Frau, später noch eine zweite, im Wartezimmer, und eine von ihnen gibt Maigret ein Zeichen, so zu tun, als kenne er sie nicht 156

8. Man erlebt, wie sich die Bohnenstange die Würmer aus der Nase ziehen läßt, und Maigret entscheidet sich endlich, einem anderen Gegner gegenüberzutreten 180

9. Maigret ist nicht gerade stolz auf sein Stück Arbeit, aber er hat nichtsdestoweniger die Genugtuung, jemandem das Leben zu retten 200

## 1

## *Maigret trifft eine alte Bekannte wieder, die ihr Leben auf ihre Art geändert hat und vom Traurigen Alfred und von einer mutmaßlichen Leiche berichtet*

Auf dem Formular, das der Bürodiener hatte ausfüllen lassen und das er jetzt Maigret reichte, war zu lesen:

*Ernestine, genannt die Bohnenstange (geborene Micou, jetzt Jussiaume), die Sie vor siebzehn Jahren in der Rue de la Lune festgenommen haben und die sich damals splitternackt ausgezogen hat, um Sie zu ärgern, ersucht um die Ehre, Sie dringend in einer äußerst wichtigen Angelegenheit zu sprechen.*

Maigret warf einen Seitenblick auf den alten Joseph, um festzustellen, ob er die Mitteilung gelesen hatte, aber der weißhaarige Amtsdiener blieb unbewegt. Er war vermutlich an diesem Morgen der einzige in allen Büros der Kriminalpolizei, der sich nicht die Hemdsärmel aufgekrempelt hatte. Zum erstenmal fragte sich der Kommissar, welch unsinnige Bestimmung diesem ehrwürdigen Mann vorschrieb, eine Kette mit einer riesigen Medaille um den Hals zu tragen.

Es gibt Tage, an denen einem alberne Fragen durch den Kopf gehen. Diesmal hing das vielleicht mit der Hundstagshitze zusammen. Vielleicht hinderte einen auch die allgemeine Urlaubsstimmung daran, die Dinge allzu ernst zu nehmen. Die Fenster standen weit offen, und der Straßenlärm von Paris drang in das Büro hinauf, wo Maigret vor dem Eintreten Josephs damit beschäftigt gewesen war, den Flug einer Wespe zu beobachten, die im Kreise flog und jedesmal an derselben Stelle gegen die Zimmerdecke prallte. Gut die Hälfte der Inspektoren machte Urlaub am Meer oder war aufs Land gefahren. Lucas trug einen Panamahut, der sich auf seinem Kopf wie eine Eingeborenenhütte oder ein Lampenschirm ausnahm. Der oberste Chef war tags zuvor wie alljährlich in die Pyrenäen abgereist.

»Betrunken?« wollte Maigret von dem Bürodiener wissen.

»Ich glaube nicht, Monsieur Maigret.«

Bekanntlich verspüren manche Frauen, wenn sie zuviel getrunken haben, das Bedürfnis, mit Enthüllungen zur Polizei zu laufen.

»Nervös?«

»Sie hat von mir wissen wollen, ob es lange dauern würde, und ich habe geantwortet, daß ich nicht einmal wüßte, ob Sie sie empfangen würden. Sie hat sich in eine Ecke des Besucherzimmers gesetzt und liest die Zeitung.«

Maigret erinnerte sich weder an die Namen Micou und Jussiaume noch an den Spitznamen »Bohnenstange«. Aber er wußte noch genau, was sich damals in der Rue de la Lune abgespielt hatte, an einem glühend heißen Tag wie diesem, an dem der Asphalt unter den Schuhsohlen nachgibt und Paris mit Teergeruch erfüllt.

Es war da hinten unweit der Porte Saint-Denis gewesen, in einer kleinen Straße mit anrüchigen Hotels und mit Läden, in denen Waffeln und Kuchen verkauft werden. Er war damals noch nicht Kommissar gewesen. Die Frauen trugen enggeschnittene Kleider und ließen sich die Haare im Nacken ausrasieren. Um Erkundigungen über das leichte Mädchen einzuholen, hatte er zwei oder drei Bars in diesem Viertel aufsuchen müssen und dabei jedesmal einen Pernod getrunken. Unwillkürlich stieg ihm jetzt fast dieser Duft in die Nase, ebenso wie der Geruch nach Achsel- und Fußschweiß, der für das kleine Hotel charakteristisch war. Das Zimmer lag in der dritten oder vierten Etage. Er hatte sich in der Tür geirrt und zunächst einem Neger gegenübergestanden, der auf der Bettkante saß und Akkordeon spielte, einem Musiker von einem Musette-Ensemble vermutlich. Ohne aus dem Takt zu kommen, hatte der Neger mit vorgestrecktem Kinn auf die Tür nebenan gedeutet.

»Herein!«

Eine heisere Stimme, die Stimme eines Menschen, der im Leben zuviel getrunken oder geraucht hat. Dann am Fenster, das auf den Hof hinausging, ein großes Mädchen in einem himmelblauen Morgenrock, das sich auf einem Spirituskocher ein Kotelett briet.

Die Frau war so groß wie Maigret, vielleicht noch

größer, gewesen. Sie hatte ihn ungerührt von Kopf bis Fuß gemustert und sofort gefragt:

»Sind Sie ein Bulle?«

Er hatte die Brieftasche und die Banknoten oben auf dem Spiegelschrank gefunden, und sie hatte nicht mit der Wimper gezuckt.

»Eine Kollegin hat das Ding gedreht.«

»Welche Kollegin?«

»Ich kenne ihren Namen nicht. Sie wird Lulu genannt.«

»Wo ist sie?«

»Suchen Sie sie doch! Das ist Ihr Beruf!«

»Ziehen Sie sich an und kommen Sie mit!«

Es war nur ein Beischlafdiebstahl gewesen, aber man maß ihm am Quai einige Bedeutung bei, nicht so sehr des Geldbetrages wegen, der ziemlich hoch gewesen war, sondern weil der Bestohlene, ein wohlhabender Viehhändler aus der Charente, seinen zuständigen Parlamentsabgeordneten alarmiert hatte.

»Wollen ausgerechnet Sie mich daran hindern, mein Kotelett zu essen?«

In dem winzigen Zimmer stand nur ein einziger Stuhl. Er war stehen geblieben, während das Mädchen gemächlich kaute und so tat, als wäre er Luft für sie.

Sie mußte damals gut zwanzig Jahre alt gewesen sein. Sie war blaß, hatte glanzlose Augen und ein langes, knochiges Gesicht. Er sah sie noch vor sich, wie sie mit einem Streichholz in ihren Zähnen herumstocherte und sich dann mit kochendem Wasser Kaffee aufbrühte.

»Ich habe Sie ersucht, sich anzuziehen!«

Ihm war heiß. Der Geruch in dem Hotel verursachte ihm Übelkeit. Hatte sie gespürt, daß er sich nicht wohl fühlte?

In aller Seelenruhe hatte sie ihren Morgenrock ausgezogen, dann Hemd und Schlüpfer, sich splitternackt auf dem ungemachten Bett ausgestreckt und sich eine Zigarette angezündet.

»Ich warte!« hatte er ungeduldig gesagt und sich bemüht, in eine andere Richtung zu blicken.

»Ich auch!«

»Ich habe einen Haftbefehl.«

»Na schön, verhaften Sie mich doch!«

»Ziehen Sie sich an und kommen Sie mit!«

»Ich fühle mich hier sehr wohl.«

Die Situation war lächerlich gewesen. Sie war ruhig und gelassen geblieben und hatte ein leicht ironisches Funkeln in ihren farblosen Augen gehabt.

»Sie sagen, Sie verhaften mich. Gut, ich bin einverstanden. Aber Sie dürfen nicht noch erwarten, daß ich Ihnen dabei helfe. Ich bin hier zu Hause. Es ist heiß, und ich habe das Recht, nackt herumzulaufen. Wenn Sie darauf bestehen, daß ich mitkomme so wie ich bin, habe ich nichts dagegen!«

Mindestens zehnmal hatte er sie aufgefordert:

»Ziehen Sie sich an!«

Vielleicht weil sie eine blasse Haut hatte oder weil die Umgebung so schäbig war, hatte er den Eindruck gehabt, noch nie eine dermaßen nackte Frau gesehen zu haben. Vergeblich hatte er ihr die Kleidungsstücke aufs Bett geworfen, hatte ihr gedroht und es schließlich mit Zureden versucht.

Zu guter Letzt war er nach unten gegangen, um zwei Polizeibeamte zu holen. Die Szene war grotesk geworden. Mit Gewalt hatten sie das Mädchen in eine Decke hüllen und es wie ein Paket über die enge Treppe hinuntertragen müssen. Alle Türen, an denen sie vorbeikamen, hatten sich geöffnet.

Er hatte sie seither nicht wiedergesehen und auch nichts mehr von ihr gehört.

»Lassen Sie sie eintreten«, sagte er seufzend.

Er erkannte sie sofort wieder. Es schien ihm, als habe sie sich überhaupt nicht verändert. Er sah wieder ihr schmales, blasses Gesicht vor sich, ihre unsteten Augen, den großen Mund, auf dem so stark Lippenstift aufgetragen war, daß er wie eine blutende Wunde wirkte. In ihrem Blick lag auch immer noch jene leise Ironie, wie sie diejenigen Menschen besitzen, die so viel im Leben gesehen haben, daß sie nichts mehr erschüttern kann.

Sie trug ein ordentliches Kleid, einen hellen Strohhut und Handschuhe.

»Sind Sie mir immer noch böse?«

Er sog an seiner Pfeife und antwortete nicht.

»Darf ich mich setzen? Ich wußte, daß Sie befördert worden sind, und das ist eigentlich der Grund, daß sich keine Gelegenheit mehr ergab, mit Ihnen zusammenzutreffen. Kann man hier rauchen?«

Sie holte eine Zigarette aus ihrer Handtasche und steckte sie sich an.

»Eines will ich Ihnen gleich sagen, ohne Ihnen daraus einen Vorwurf zu machen: Damals, da war ich im Recht. Ich habe ein Jahr abgesessen, ohne daß ich es verdiente. Diese Lulu hat wirklich existiert, Sie haben sich bloß nicht die Mühe gemacht, sie aufzustöbern. Wir haben zusammen den Dicken getroffen, der Geld wie Heu hatte. Er hat uns beide eingeladen, aber als er mich betätschelt hatte, hat er gesagt, ich solle zum Teufel gehen, magere Mädchen wären ihm zuwider. Ich habe im Korridor gewartet, und eine Stunde später hat mir Lulu die Brieftasche gebracht. Ich sollte sie verstecken.«

»Was ist aus Lulu geworden?«

»Vor fünf Jahren führte sie noch ein kleines Restaurant im Süden. Ich wollte Ihnen nur zeigen, daß jeder sich mal irren kann.«

»Sind Sie deswegen hergekommen?«

»Nein. Ich möchte mit Ihnen über Alfred sprechen. Wenn er wüßte, daß ich hier bin, würde er wieder mal behaupten, daß ich eine blöde Gans bin. Ich hätte mich ja auch an Inspektor Boissier wenden können, der kennt ihn gut.«

»Wer ist denn Alfred?«

»Mein Mann. Er ist wirklich mein Mann, mit Standesamt und sogar mit Pfarrer. Er ist nämlich religiös geblieben. Inspektor Boissier hat ihn ein paar Mal verhaftet. Alfred hat das einmal fünf Jahre im Zuchthaus von Fresnes eingebracht.«

Ihre Stimme klang fast heiser.

»Mit dem Namen Jussiaume können Sie vielleicht nichts anfangen, aber wenn Sie seinen Spitznamen hören, wissen Sie bestimmt sofort Bescheid. Man hat oft in den Zeitungen über ihn geschrieben. Es ist der Traurige Alfred.«

»Der Geldschrankknacker?«

»Ja.«

»Haben Sie Streit mit ihm gehabt?«

»Nein. Ich bin nicht aus dem Grund gekommen, an den Sie denken. So bin ich nicht. Sie kennen also Alfred?«

Maigret hatte ihn nie gesehen oder, genauer gesagt, hatte ihn nur flüchtig in den Gängen am Quai erblickt, wenn der Einbrecher auf seine Vernehmung durch Boissier wartete. Er hatte eine vage Vorstellung von einem kleinen, schmächtigen Mann mit unsteten Augen, dessen Anzug für den mageren Körper viel zu groß zu sein schien.

»Wir sehen ihn, glaube ich, nicht mit gleichen Augen«, sagte sie. »Er ist ein armer Kerl. Er ist interessanter, als Sie vielleicht glauben. Ich lebe seit fast zwölf Jahren mit ihm zusammen und fange jetzt erst an, ihn zu verstehen.«

»Wo steckt er?«

»Darauf komme ich noch, keine Angst. Ich weiß nicht, wo er ist, aber er hat sich, ohne es zu wollen, schön in die Nesseln gesetzt. Aus diesem Grunde bin ich hier. Sie müssen jetzt nur Vertrauen zu mir haben. Ich weiß, daß das viel verlangt ist . . .«

Er sah sie neugierig an, denn aus ihren Worten sprach eine rührende Schlichtheit. Sie nahm kein Blatt vor den Mund und versuchte auch nicht, Eindruck auf ihn zu machen. Wenn sie eine gewisse Zeit benötigte, um ihr Anliegen vorzubringen, dann geschah das ohne Hintergedanken, denn was sie mitzuteilen hatte, war wirklich kompliziert.

Eine Schranke blieb trotzdem zwischen ihr und ihm, und diese Barriere versuchte sie zu überwinden, damit er keinen falschen Eindruck bekam.

Vom Traurigen Alfred, mit dem er sich nie persönlich hatte beschäftigen müssen, wußte Maigret nur das, was er über ihn im Haus gehört hatte. Er war fast eine berühmte Persönlichkeit, denn die Zeitungen hatten wegen der pittoresken Umstände seiner Delikte immer wieder über ihn berichtet.

Er hatte lange für die Firma Planchart, die bekannte Geldschrankfabrik, gearbeitet und war einer ihrer tüchtigsten Fachleute gewesen. Er galt als trübsinniger und verschlossener junger Mann, der ständig kränkelte und in regelmäßigen Zeitabständen epileptische Anfälle bekam.

Boissier würde ohne Zweifel Maigret unterrichten können, unter welchen Umständen Alfred die Firma Planchart verlassen hatte.

Eines war gewiß: Anstatt Safes einzubauen, hatte er begonnen, sie auszurauben.

»Als Sie ihn kennenlernten, hatte er da noch seinen festen Arbeitsplatz?«

»Natürlich nicht. Ich bin es aber nicht gewesen, die ihn auf die schiefe Bahn gebracht hat, wenn Sie das denken. Er lebte von Gelegenheitsarbeiten, war manchmal für einen Schlosser tätig, aber ich habe schnell gemerkt, wohin es ihn zog.«

»Meinen Sie nicht, daß Sie besser Boissier aufsuchen sollten?«

»Der ist für Einbrüche zuständig, nicht wahr? Aber Sie bearbeiten doch die Mordfälle?«

»Hat Alfred denn jemanden umgebracht?«

»Hören Sie, Herr Kommissar, ich glaube, es geht schneller, wenn Sie mich ausreden lassen. Alfred ist werweißnichtwas, aber er würde nicht für alles Gold der Welt jemanden töten. Es klingt vielleicht dämlich, wenn man so etwas von einem Mann wie ihm behauptet, aber er ist ein empfindsamer Mensch, der für nichts und wieder nichts zu weinen anfängt. Ich kann Ihnen da was erzählen. Andere würden Ihnen sagen, daß er ein Waschlappen ist. Vielleicht gerade weil er so ist, habe ich ihn lieb.«

Sie sah Maigret ruhig an. Die letzten Worte hatte sie nicht besonders betont, aber trotzdem mit einigem Stolz ausgesprochen.

»Wenn die Leute wüßten, was in ihm vorgeht, wären sie sehr erstaunt. Aber das ist ja jetzt nicht weiter wichtig. Für Sie ist er nur ein Dieb. Er hat sich einmal erwischen lassen und dafür fünf Jahre Knast bekommen. Ich habe ihn an jedem Besuchstag aufgesucht und war die ganze Zeit über gezwungen, meinen alten Beruf auszuüben, und habe dabei etliche Scherereien gehabt, weil ich bei der Sitte nicht registriert war. Das war ja damals noch vorgeschrieben.

Er hofft immer, daß er einen großen Coup landet und daß wir dann auf dem Land leben können. Das ist von Kindesbeinen an sein Traum gewesen.«

»Wo wohnen Sie?«

»Am Quai de Jemmapes, genau gegenüber der Saint-Martin-Schleuse. Wissen Sie, wo? Wir haben da zwei Zimmer über einem grün angestrichenen Bistro. Das ist ganz praktisch wegen des Telefons.«

»Befindet sich Alfred in diesem Augenblick dort?«

»Nein. Ich habe Ihnen schon gesagt, daß ich nicht weiß, wo er ist. Das können Sie mir ruhig glauben. Er hat ein Ding gedreht, nicht in der vergangenen Nacht, sondern in der Nacht davor.«

»Und hat sich dann verdünnisiert?«

»Moment, Herr Kommissar! Sie werden gleich sehen, daß alles, was ich Ihnen erzähle, wichtig ist. Sie kennen doch die Leute, die sich für jede Ziehung der Loterie Nationale Lose kaufen, nicht wahr? Es gibt welche, die auf das Essen verzichten, um sich ein Los leisten zu können, und sich dann ausmalen, daß sie in einigen Tagen endlich reich sein werden. Schön und gut: Mit Alfred ist es dasselbe. Es gibt in Paris Dutzende von Geldschränken, die er aufgestellt hat und die er wie seine Westentasche kennt. Gewöhnlich kauft man doch einen Geldschrank, um Geld oder Schmuck einzuschließen.«

»Er hofft also, den ganz großen Fischzug zu machen?«

»Genau.«

Sie zuckte mit den Schultern, als spräche sie von der harmlosen Manie eines Kindes, und fügte hinzu:

»Er hat einfach kein Glück. Meistens fallen ihm Effekten, die man nicht verkaufen kann, oder Geschäftspapiere in die Hand. Ein einziges Mal stieß er wirklich auf die große Summe, die es ihm ermöglicht hätte, für den Rest seines Lebens in Ruhe zu leben, und da hat ihn Boissier dann erwischt.«

»Waren Sie mit von der Partie? Haben Sie Schmiere gestanden?«

»Nein. Das hat er nie gewollt. Anfangs sagte er mir, wo er arbeiten wollte, und ich habe es dann immer so eingerichtet, daß ich in der Nähe war. Als er das gewahr wurde, hat er mich nicht mehr ins Vertrauen gezogen.«

»Weil er befürchtete, daß Sie geschnappt würden?«

»Vielleicht. Wahrscheinlich auch aus Aberglauben. Sehen Sie, obwohl wir zusammen leben, ist er ein Einzelgänger. Es kommt vor, daß er achtundvierzig Stunden lang kein Wort von sich gibt. Wenn ich ihn abends mit seinem Fahrrad wegfahren sehe, weiß ich, was das zu bedeuten hat.«

Maigret fiel dieses Detail wieder ein. Einige Zeitungen hatten Alfred Jussiaume den »Einbrecher mit dem Rad« getauft.

»Das ist auch eine Idee von ihm. Er behauptet, nachts falle ein Radfahrer nicht auf, besonders wenn er einen Werkzeugkasten über der Schulter hängen hat. Man halte ihn für einen Arbeiter, der zur Schicht fährt. Sie sehen, ich spreche mit Ihnen wie mit einem Freund.«

Maigret überlegte immer noch, warum sie gerade in sein Büro gekommen war. Als sie aufs neue nach einer Zigarette griff, hielt er ihr ein brennendes Streichholz entgegen.

»Wir haben heute Donnerstag. In der Nacht vom Dienstag auf Mittwoch ist Alfred losgefahren, um ein Ding zu drehen.«

»Hat er Ihnen das vorher erzählt?«

»Seit mehreren Abenden verließ er immer das Haus um die gleiche Zeit. Das hat etwas zu bedeuten, denn bevor er sich in ein Haus oder ein Büro Einlaß verschafft, verbringt er manchmal eine Woche damit, das Terrain zu sondieren, um die Gewohnheiten der betreffenden Leute kennenzulernen.«

»Und um sicherzugehen, daß sich niemand in diesen Örtlichkeiten aufhält?«

»Nein. Das ist ihm egal. Ich glaube sogar, daß er lieber irgendwo arbeitet, wo jemand im Hause ist, als in einem verlassenen Gebäude. Er ist ein Mensch, der sich ohne das geringste Geräusch bewegen kann. Hunderte von Malen hat er es nachts fertiggebracht, sich neben mir schlafen zu legen, ohne daß ich gemerkt habe, daß er nach Hause gekommen war.«

»Wissen Sie, wo er in der vorletzten Nacht gearbeitet hat?«

»Alles, was ich weiß, ist, daß es in Neuilly war. Und selbst das habe ich nur rein zufällig herausbekommen. Am Tag davor hat er mir beim Nachhausekommen erzählt, daß die Polizei seine Papiere hatte sehen wollen und ihn sicher für einen Lustmolch gehalten hatte, weil sie ihn im Bois de Boulogne an der Stelle angehalten hatte, wo gewöhnlich die Strichmädchen rumlaufen.

›Wo war das?‹ habe ich ihn gefragt.

›Hinter dem Jardin d'Acclimatation. Ich war auf dem Rückweg von Neuilly.‹

Vorgestern abend hat er dann seinen Werkzeugkasten mitgenommen, und ich habe gewußt, daß er arbeiten ging.«

»Hat er eigentlich getrunken?«

»Er trinkt und raucht nicht. Das könnte er gar nicht

vertragen. Er hat ständig Angst vor einem Anfall und schämt sich furchtbar, wenn das mitten auf der Straße passiert und haufenweise Leute um ihn herumstehen und mitleidige Bemerkungen über sein Geschick machen. Er hat mir, bevor er losfuhr, noch gesagt:

›Ich glaube, diesmal können wir bestimmt aufs Land ziehen‹.«

Maigret hatte begonnen, sich Notizen zu machen, die er mechanisch mit Kringeln verzierte.

»Wie spät ist er vom Quai de Jemmapes losgefahren?«

»Gegen elf Uhr abends wie an den Tagen zuvor.«

»Er müßte demnach gegen Mitternacht in Neuilly angekommen sein.«

»Wahrscheinlich. Er fuhr nie schnell, aber andererseits gibt es um diese Zeit keine Verkehrsstauungen.«

»Wann haben Sie ihn wiedergesehen?«

»Ich habe ihn seitdem nicht wiedergesehen.«

»Und aus diesem Grund glauben Sie, daß ihm etwas zugestoßen ist?«

»Er hat mich angerufen.«

»Wann?«

»Um fünf Uhr früh. Ich konnte nicht schlafen. Ich fand keine Ruhe. Er befürchtet ständig, auf der Straße einen Anfall zu bekommen, aber ich habe Angst, daß ihm so etwas während der Arbeit passiert, verstehen Sie? Ich habe jedenfalls gehört, wie unten im Bistro das Telefon läutete. Unser Schlafzimmer liegt genau darüber. Die Wirtsleute sind nicht aufgestanden. Ich habe geahnt, daß es für mich war und bin runtergegangen. An seiner Stimme habe ich gemerkt, daß er ganz schön in der Tinte saß. Er sprach ganz leise:

›Bist du's?‹

›Ja.‹

›Bist du allein?‹

›Ja. Wo bist du?‹

›In der Nähe der Gare du Nord, in einem kleinen Café. Hör zu, Tine – er nennt mich immer Tine –, ich muß unbedingt für einige Zeit verschwinden.‹

›Hat man dich gesehen?‹

›Das ist nicht der Grund. Ich weiß nicht recht. Ein Mann hat mich gesehen, ja, aber ich bin nicht sicher, ob er von der Polizei war.‹

›Hast du das Geld?‹

›Nein. Es ist passiert, bevor ich fertig war.‹

›Was war denn überhaupt los?‹

›Ich war mit dem Schloß beschäftigt, da fiel das Licht aus meiner Taschenlampe auf ein Gesicht in der Zimmerecke. Ich habe angenommen, jemand sei lautlos hereingekommen und beobachte mich. Dann habe ich gemerkt, daß die Augen tot waren.‹«

Sie sah Maigret ins Gesicht.

»Ich bin überzeugt, daß Alfred nicht gelogen hat. Wenn er einen Mord begangen hätte, hätte er es mir gestanden. Ich erzähle Ihnen doch keine Märchen! Ich fühlte förmlich, wie er am anderen Ende der Leitung einer Ohnmacht nahe war. Er hat solche Angst vor dem Sterben . . .«

»Wer war denn der Tote?«

»Kann ich nicht sagen. Er hat mir keine langen Erklärungen gegeben. Er war die ganze Zeit auf dem

Sprung, einzuhängen, weil er befürchten mußte, daß jemand mithörte. Er wollte einen Zug nehmen, der eine Viertelstunde später abfuhr, kündigte er mir noch an.«

»Nach Belgien?«

»Vermutlich ja, weil er in der Nähe der Gare du Nord war. Ich habe in einem Fahrplan nachgesehen. Es gibt einen Zug um fünf Uhr fünfundvierzig.«

»Sie wissen auch nicht, aus welchem Café er angerufen hat?«

»Ich bin gestern in dem Viertel herumgelaufen und habe mich erkundigt, aber vergebens. Man hat mich wohl für eine eifersüchtige Ehefrau gehalten und mir einfach keine Auskunft gegeben.«

»Kurz gesagt, alles, was er Ihnen mitgeteilt hat, ist also, daß es eine Leiche in dem Zimmer gab, in dem er arbeitete?«

»Ich habe ihm noch ein paar Einzelheiten entlocken können. Er hat noch erzählt, daß es eine Frau war, daß ihre Brust blutüberströmt war und daß sie einen Telefonhörer in der Hand hielt.«

»Ist das alles?«

»Nein. In dem Augenblick, als er fliehen wollte – und ich kann mir vorstellen, in welchem Zustand er sich befand! –, hielt ein Auto vor dem Gitter.«

»Hat er ausdrücklich von einem Gitter gesprochen?«

»Ja. Ich erinnere mich genau an diesen Ausdruck. Jemand ist ausgestiegen und auf die Haustür zugegangen. Während der Mann den Hausflur betrat, hat Alfred das Haus durchs Fenster verlassen.«

»Und sein Werkzeug?«

»Er hat alles zurückgelassen. Er hatte eine Fensterscheibe herausgeschnitten, um ins Haus zu kommen. Davon bin ich überzeugt, denn das ist seine Gewohnheit. Ich glaube sogar, daß er es so machen würde, wenn die Tür offen stünde, denn er hat da einen kleinen Tick oder ist vielleicht abergläubisch.«

»Also ist er von niemandem gesehen worden?«

»Doch. In dem Moment, als er den Garten durchquerte . . .«

»Aha, er hat auch einen Garten erwähnt?«

»Ich habe das nicht erfunden. Ich wiederhole: In dem Moment, als er den Garten durchquerte, hat jemand aus dem Fenster gesehen und den Lichtstrahl einer Taschenlampe auf ihn gerichtet. Wahrscheinlich war das Alfreds eigene, die er dagelassen hatte. Er hat sich auf sein Rad geschwungen, ist davongebraust, ohne sich umzudrehen, ist bis ans Seine-Ufer gefahren, wo genau, weiß ich nicht, und hat sein Rad ins Wasser geworfen, weil er befürchtete, daß man ihn daran wiedererkannte. Er traute sich nicht, nach Hause zu kommen, sondern ist zur Gare du Nord marschiert, hat mich angerufen und mich angefleht, die Klappe zu halten. Ich habe ihm immer wieder gesagt, er soll sich nicht davonmachen, habe versucht, ihn zur Vernunft zu bringen. Er hat mir schließlich versprochen, postlagernd zu schreiben, wo er sich aufhält, damit ich zu ihm fahren kann.«

»Und er hat noch nicht geschrieben?«

»Der Brief hätte noch nicht ankommen können. Ich bin heute morgen auf der Post gewesen. Vierundzwanzig Stunden lang habe ich hin und her überlegt. Ich habe alle Zeitungen gekauft, weil ich annahm, daß sie die Meldung von einer ermordeten Frau bringen würden.«

Maigret hob den Telefonhörer ab und ließ sich mit dem Polizeikommissariat in Neuilly verbinden.

»Hallo! Hier ist die Kriminalpolizei. Haben Sie in den letzten vierundzwanzig Stunden einen Mord zu verzeichnen gehabt?«

»Augenblick mal. Ich verbinde Sie mit dem Beamten vom Dienst. Ich nehme nur die Anrufe entgegen.«

Maigret blieb lange hartnäckig.

»Kein Leichenfund auf irgendeiner Straße? Oder ein nächtlicher Notruf? Wurde vielleicht eine Leiche aus der Seine gefischt?«

»Absolut nichts, Monsieur Maigret!«

»Und niemand hat einen Schuß gemeldet?«

»Niemand.«

Die Bohnenstange wartete geduldig, als wäre sie zu Besuch. Ihre Hände hatte sie über der Handtasche gefaltet.

»Verstehen Sie jetzt, warum ich zu Ihnen gekommen bin?«

»Ich glaube, ja.«

»Zuallererst glaubte ich, daß die Polizei möglicherweise Alfred gesehen hatte. In diesem Fall hätte ihn nur sein Fahrrad verraten können. Dann ist da noch das zurückgelassene Werkzeug. Aufgrund der Tatsache, daß er die Grenze überschritten hat, wird man ihm seine Geschichte nicht abnehmen. Und in Belgien oder Holland ist er nicht sicherer als in Paris. Ich sähe ihn lieber im Gefängnis wegen versuchten Einbruchs, selbst wenn ihm das noch einmal fünf Jahre einbringt, als daß er des Mordes angeklagt wird.«

»Das Ärgerliche an der ganzen Sache ist, daß es keine Leiche gibt«, entgegnete Maigret.

»Glauben Sie etwa, daß er alles erfunden hat oder daß ich Ihnen Märchen erzähle?«

Er antwortete nicht.

»Es wird Ihnen doch leicht fallen, das Haus ausfindig zu machen, in dem er in der betreffenden Nacht gearbeitet hat. Ich dürfte es Ihnen natürlich nicht verraten, aber ich bin überzeugt, daß Sie auch selbst darauf gekommen wären. Es handelt sich bestimmt um einen Geldschrank, den er mal selbst eingebaut hat. Die Firma Planchart hat doch eine Aufstellung all ihrer Kunden. Es gibt sicher nicht so sehr viele Leute in Neuilly, die sich in den letzten siebzehn Jahren einen Tresor angeschafft haben.«

»Hatte Alfred außer Ihnen keine Freundin?«

»Na, daran hatte ich auch schon gedacht. Ich bin nicht eifersüchtig, und selbst, wenn ich es wäre, würde ich nicht zu Ihnen kommen und Ihnen aus Rache etwas vorschwindeln, wenn Sie das vermuten. Er hat keine Freundin, weil er gar nicht scharf darauf ist, der Arme! Wenn er eine haben wollte, würde ich ihm so viele besorgen, wie er wünschte.«

»Warum?«

»Weil das Leben ohnehin wenig Spaß macht.«

»Haben Sie Geld?«

»Nein.«

»Was werden Sie jetzt machen?«

»Ich komme schon aus der Affäre raus, das wissen Sie. Wenn ich hier bin, dann nur, damit festgestellt wird, daß Fred niemanden umgebracht hat.«

»Würden Sie mir seinen Brief zeigen?«

»Sie lesen ihn ja noch vor mir. Wo Sie jetzt wissen, daß er postlagernd kommt, werden Sie doch wohl alle Postämter in Paris überwachen lassen. Sie vergessen, daß ich das Spiel kenne.«

Sie war aufgestanden, stand da in voller Länge und musterte ihn, wie er da so an seinem Schreibtisch saß, von oben bis unten.

»Wenn alles stimmt, was man über Sie erzählt, besteht die Aussicht, daß Sie mir glauben!«

»Warum?«

»Weil Sie sonst ein Dummkopf wären. Natürlich sind Sie keiner! Rufen Sie bei Planchart an?«

»Ja.«

»Werden Sie mich auf dem laufenden halten?«

Er sah sie an, ohne zu antworten, und wurde sich bewußt, daß er ein amüsiertes Lächeln um seinen Mund nicht verhindern konnte.

»Na schön, wie Sie wollen«, sagte sie seufzend. »Ich könnte Ihnen helfen, denn selbst wenn Sie glauben, gut Bescheid zu wissen, gibt es Dinge, die Leute wie wir besser verstehen als Sie.«

Dieses »wir« schloß offensichtlich eine ganze Welt ein, die Welt, in der die Bohnenstange lebte, die Welt auf der anderen Seite der Schranke.

»Wenn Inspektor Boissier nicht im Urlaub ist, wird er Ihnen sicher bestätigen, was ich Ihnen über Alfred erzählt habe.«

»Er ist noch nicht auf Urlaub. Er reist morgen.«

Sie öffnete ihre Handtasche und zog einen Zettel heraus.

»Ich lasse Ihnen die Telefonnummer des Bistros unter unserer Wohnung da. Wenn Sie zufällig mal zu mir kommen müssen, brauchen Sie keine Angst zu haben, daß ich mich ausziehe. Heute behalte ich lieber mein Kleid an!«

Ein bitterer Unterton klang in ihrer Stimme mit. Gleich darauf machte sie sich über sich selbst lustig:

»Das ist für alle Beteiligten besser!«

Erst als er die Tür hinter ihr schloß, wurde sich Maigret bewußt, daß er ganz natürlich die Hand gedrückt hatte, die sie ihm gereicht hatte. Die Wespe brummte noch immer dicht unter der Zimmerdecke herum, als suche sie einen Ausgang, ohne zu ahnen, daß die Fenster weit geöffnet waren. Madame Maigret hatte am Morgen angekündigt, daß sie über den Blumenmarkt gehen wolle, und ihn gebeten, sie dort zu treffen, falls er um die Mittagsstunde frei sei. Es war genau Mittag. Er zögerte, drehte sich zum Fenster hin, durch das er die lebhaften Farbflecke hinter der Brüstung der Quais wahrnahm.

Dann nahm er seufzend den Telefonhörer ab.

»Bitten Sie Boissier, er solle zu mir kommen.«

Siebzehn Jahre waren seit jener lächerlichen Episode in der Rue de la Lune vergangen, und Maigret war inzwischen ein wichtiger Mann an der Spitze der Mordkommission geworden. Ein sonderbarer Gedanke kam ihm plötzlich, ein fast kindlicher Wunsch. Er nahm noch einmal den Hörer zur Hand.

»Die Brasserie Dauphine, bitte.«

In dem Augenblick, als die Tür aufging und Boissier hereinkam, sagte er gerade:

»Bringen Sie mir einen Pernod herauf . . .« Und mit einem Blick auf den Inspektor, dessen Hemd unter den Armen große Schweißflecken hatte, fuhr er fort: ». . . oder besser zwei. Zwei Pernod. Danke.«

Der bläuliche Schnurrbart Boissiers zitterte vor Wohlbehagen. Der Inspektor, der aus der Provence stammte, wischte sich die Stirn ab und setzte sich auf die Fensterbank.

## 2

## *Ein wenig ist von Inspektor Boissier die Rede, mehr jedoch von einem Haus mit einem Vorgarten und einem Gitter sowie von einer Begegnung, die Maigret vor diesem Gitter hatte*

Nach einem ordentlichen Schluck Pernod hatte Maigret das Gespräch mit der Frage begonnen:

»Sagen Sie mal, verehrter Boissier, was wissen Sie über Alfred Jussiaume?«

»Den Traurigen Alfred?«

»Ja.«

Der Inspektor hatte sofort die Stirn kraus gezogen, Maigret von unten herauf angeschaut und, ohne seinen Lieblingsaperitif zu kosten, mit völlig veränderter Stimme gefragt: »Hat er was ausgefressen?«

Es war immer dasselbe mit dem Inspektor. Maigret wußte das und wußte auch, warum. Aufgrund eines ausgeprägten Taktgefühls war er der einzige unter den Kommissaren, der in Boissiers Augen Gnade fand.

Dieser hätte eigentlich einer der ihren sein müssen und wäre es auch längst gewesen, wenn ihn nicht der völlige Mangel an Rechtschreibkenntnissen und eine kindliche Handschrift daran gehindert hätten, die einfachsten Prüfungen zu bestehen.

Auf jeden Fall hatte die Polizeiverwaltung aber mit ihm einen guten Griff gemacht. Sie hatte den Kommissar Peuchet zum Abteilungschef gemacht, einen alten, immer schläfrigen Trottel, und bis auf die Abfassung der Berichte tat Boissier die ganze Arbeit und leitete den Einsatz seiner Kollegen.

In seinem Büro befaßte man sich nicht mit Mordfällen wie bei Maigret, auch nicht mit Amateuren wie Angestellten, die eines schönen Tages mit der Kasse durchbrennen, und anderen Lappalien dieser Art.

Die Kunden Boissiers und seiner Leute waren die Profis der Diebstahlszene in all ihren Erscheinungsformen, angefangen bei den Juwelendieben, die in den großen Hotels an den Champs-Elysées absteigen, bis hin zu den Einbrechern und zu den Taschendieben mit all ihren Tricks, die meistens wie Jussiaume in den schäbigen Stadtvierteln wohnen.

Deshalb herrschte dort ein ganz anderer Geist als bei der Mordkommission. Bei Boissier war man in jeder Hinsicht ein Fachmann. Der Kampf war ein Kampf von Fachleuten. Es ging dabei nicht um psychologische Kenntnisse, sondern es galt, Fingerspitzengefühl für die Eigenheiten und die Ticks jedes »Kunden« zu entwickeln.

Es war nichts Ungewöhnliches, den Inspektor friedlich in Gesellschaft eines Ganoven auf der Terrasse eines Cafés sitzen zu sehen. Maigret hätte beispielsweise schwerlich mit einem Mörder das folgende Gespräch führen können:

»Sag mal, Julot, du hast schon ziemlich lange nicht mehr gearbeitet.«

»Da haben Sie recht, Inspektor.«

»Wann hatte ich dich das letzte Mal festgenommen?«

»Das muß ungefähr sechs Monate her sein.«

»Die Aktien stehen jetzt schlecht, was? Ich möchte wetten, daß du irgendwas vorhast!«

Bei der Vorstellung, der Traurige Alfred könne ohne sein Wissen ein Ding gedreht haben, sträubten sich Boissier die Haare.

»Ich weiß nicht, ob er kürzlich tatsächlich gearbeitet hat, aber gerade eben hat die Bohnenstange mein Büro verlassen.«

Das genügte, um den Inspektor zu beruhigen.

»Sie weiß nichts«, versicherte er. »Alfred ist nicht der Mann, der seine Pläne einer Frau erzählt, nicht mal seiner eigenen.«

Das Bild, das Boissier von Jussiaume zu zeichnen begann, ähnelte ziemlich dem, das Ernestine skizziert hatte, obwohl er natürlich das Professionelle in den Vordergrund stellte.

»Ich bin jedesmal sauer, wenn ich einen Kerl wie Alfred verhaften und einlochen muß. Das letzte Mal, als sie ihm fünf Jahre aufbrummten, hätte ich am liebsten seinen Verteidiger zur Minna gemacht, der keine Ahnung hatte, wie er vorgehen sollte. Das war vielleicht ein Würstchen, dieser Anwalt!«

Es war schwer, genau zu beschreiben, was Boissier unter einem Würstchen verstand, aber man wußte, was er meinte.

»Es gibt in Paris keinen zweiten, der wie Alfred lautlos in ein bewohntes Haus eindringen und darin arbeiten kann, ohne auch nur eine Katze zu wecken. Technisch gesehen ist er ein Künstler. Überdies braucht er niemanden, der ihm einen Tip gibt, Schmiere steht und all diesen Krempel. Er arbeitet allein und verliert nie die Nerven. Er trinkt nicht, ist verschwiegen und spielt in den Bistros nicht den dicken Max. Mit seinen Fähigkeiten müßte er stinkreich sein. Er kennt genau den Standort und den Mechanismus von mehreren hundert Geldschränken, die er selbst eingebaut hat und von denen man meinen könnte, er brauche nur hinzugehen und sie zu leeren. Aber immer, wenn er sich dazu aufrafft, kommt etwas dazwischen, oder er findet ein leeres Nest.«

Vielleicht redete Boissier nur so, weil er im Traurigen Alfred ein Abbild seines eigenen Schicksals sah, mit dem Unterschied allerdings, daß er selbst sich einer Gesundheit erfreute, die allen Aperitifs trotzte, die er auf Terrassen von Cafés in sich hineingoß, und allen Nächten, die er sich bei egal welchem Wetter um die Ohren schlug.

»Das Komischste ist, daß er, selbst wenn man ihn für zehn oder zwanzig Jahre hinter Gitter brächte, danach sofort von neuem anfangen würde, auch wenn er dann siebzig wäre und an Krücken ginge. Er sagt sich, es genüge, ein einziges Mal Schwein zu haben, und einmal müsse er doch an die Reihe kommen.«

»Er hat einen ziemlichen Schock bekommen«, berichtete Maigret. »Es scheint, daß er in dem Augenblick, als er irgendwo in Neuilly einen Geldschrank öffnen wollte, plötzlich bemerkt hat, daß in dem betreffenden Zimmer eine Leiche lag.«

»Was habe ich Ihnen gesagt? So etwas kann doch nur ihm passieren! Da ist er also verduftet? Was hat er denn mit seinem Fahrrad gemacht?«

»In die Seine geworfen.«

»Und jetzt ist er in Belgien?«

»Vermutlich ja.«

»Ich rufe dann mal in Brüssel an, es sei denn, daß Sie ihn gar nicht wiederfinden wollen.«

»Im Gegenteil: Ich bin sehr begierig darauf, daß er gefunden wird.«

»Wissen Sie, wo die ganze Geschichte passiert ist?«

»Ich weiß nur, daß es in Neuilly war und daß das Haus einen Vorgarten hat mit einem Gitter darum.«

»Das wird ein Leichtes sein. Ich bin gleich wieder da.«

Maigret hatte den liebenswürdigen Einfall, in Boissiers Abwesenheit in der Brasserie Dauphine zwei weitere Pernod zu bestellen. Ihr Duft rief ihm nicht nur die Zeit der Rue de la Lune in Erinnerung, sondern auch den Süden und besonders eine kleine Kneipe in Cannes, wo er einmal Recherchen angestellt hatte und wo seine Aufgabe einen ganz anderen Charakter bekommen hatte, beinahe zu einer Ferienaufgabe geworden war.

Er hatte seiner Frau nicht ausdrücklich zugesagt, sie auf dem Blumenmarkt zu treffen, und sie wußte, daß sie nie auf ihn warten sollte. Boissier kam mit einer Akte zurück, aus der er zunächst die polizeilichen Erkennungsfotos Alfred Jussiaumes zog.

»So sieht er aus!«

Alles in allem war es mehr der Kopf eines Asketen

als der eines Kriminellen. Die Haut spannte über den Knochen, die Nasenflügel waren lang und schmal, und der Blick war von einer fast mystisch zu nennenden Intensität.

Selbst beim Betrachten dieser mitleidlosen Aufnahmen von vorn und von der Seite, die ihn ohne Stehkragen, mit stark vorstehendem Adamsapfel zeigten, spürte man die ungeheure Einsamkeit dieses Mannes, dessen Traurigkeit jedoch nichts Aggressives besaß. Da er als Wild geboren war, fand er es wohl ganz natürlich, gejagt zu werden.

»Möchten Sie, daß ich Ihnen sein Vorstrafenregister vorlese?«

»Das ist heute nicht unbedingt nötig. Ich möchte die Strafakte lieber durcharbeiten, wenn ich ausgeruht bin. Was ich gern hätte, ist die Liste.«

Mit den drei letzten Worten machte er Boissier eine Freude; Maigret hatte sie bewußt hervorgehoben, denn sie stellten ein Kompliment für den Inspektor dar.

»Sie wußten, daß ich sie habe?«

»Ich war überzeugt, daß Sie sie haben.«

Boissier verstand nämlich seine Arbeit. Es handelte sich um die aus den Geschäftsbüchern der Firma Planchart zusammengestellte Liste der Safes, deren Montage in die Zeit fiel, als Alfred Jussiaume für das Unternehmen gearbeitet hatte.

»Warten Sie, ich werde mal unter Neuilly suchen. Sind Sie sicher, daß es in Neuilly war?«

»Ernestine behauptet es.«

»Also wissen Sie, es war gar nicht so dumm von ihr,

daß sie zu Ihnen gekommen ist. Aber warum eigentlich zu Ihnen?«

»Weil ich sie vor sechzehn oder siebzehn Jahren mal festgenommen habe und sie mir dabei einen üblen Streich gespielt hat.«

Boissier wunderte das nicht weiter. Das gehörte zu ihrem Handwerk. Sie befanden sich beide auf ihrem ureigenen Terrain. Der Pernod, der sich angenehm in den Gläsern widerspiegelte, erfüllte bereits das ganze Büro mit seinem Duft und brachte die Wespe zur Raserei.

»Eine Bank ... Die ist es bestimmt nicht ... Fred hat sich nie für Banken interessiert, denn er mißtraut den elektrischen Alarmanlagen ... Eine Erdölgesellschaft, die seit zehn Jahren nicht mehr existiert ... Ein Parfumhersteller ... der hat vergangenes Jahr Pleite gemacht.«

Boissiers Finger machte schließlich auf einem Namen und einer Adresse halt.

»Guillaume Serre, Zahnarzt, Rue de la Ferme 43 a, Neuilly ... Wissen Sie, wo das ist? Fast direkt hinter dem Jardin d'Acclimatation, eine Parallelstraße zum Boulevard Richard-Wallace.«

»Ja, ich weiß.«

Sie sahen sich einen Augenblick lang an.

»Viel Arbeit?« erkundigte sich Maigret. Und indem er das tat, wußte er erneut, daß er Boissiers Eigenliebe schmeichelte.

»Ich war dabei, Akten abzulegen. Ich fahre morgen in die Bretagne.«

»Wollen wir mal hin?«

»Ich hole nur eben mein Jackett und meinen Hut. Soll ich vorher noch mit Brüssel telefonieren?«

»Ja. Und mit Holland auch.«

»Verstanden.«

Sie legten den Weg auf der Plattform eines Autobusses zurück. In der friedlichen Rue de la Ferme, die den Eindruck machte, als läge sie irgendwo in der Provinz, entdeckten sie ein kleines Restaurant, auf dessen Terrasse vier Tische zwischen Blumenkübeln standen, und nahmen dort zum Mittagessen Platz.

Im Bistro drinnen waren nur drei Maurer in weißen Kitteln zu sehen, die aßen und Rotwein dazu tranken. Fliegen umschwirrten Maigret und Boissier. Ein Stück entfernt, auf der gegenüberliegenden Straßenseite, sahen sie ein schwarzes Eisengitter, das zum Haus mit der Nummer 43 a gehören mußte.

Sie ließen sich Zeit. Wenn sich wirklich eine Leiche in dem Haus befunden hatte, hatte der Mörder mehr als vierundzwanzig Stunden gehabt, sie zu beseitigen.

Eine Kellnerin in schwarzem Kleid und weißer Schürze nahm ihre Bestellung entgegen, aber der Wirt kam heraus und begrüßte sie.

»Schöner Tag, meine Herren.«

»Schöner Tag, ja. Kennen Sie zufällig hier in diesem Viertel einen Zahnarzt?«

Eine Kinnbewegung.

»Es gibt einen da drüben auf der anderen Straßenseite, aber ich weiß nicht, ob er was taugt. Meine Frau läßt sich lieber am Boulevard Sébastopol behandeln. Ich glaube, dieser hier ist bestimmt teuer. Die Patienten kommen nicht gerade in Scharen.«

»Kennen Sie ihn?«

»Flüchtig, ja.«

Der Wirt zögerte, musterte beide, besonders Boissier, eingehend.

»Sie sind von der Polizei, was?«

Maigret hielt es für besser, die Frage zu bejahen.

»Hat er was angestellt?«

»Wir benötigen nur ein paar Informationen. Wie sieht er aus?«

»Größer und kräftiger als Sie und ich«, sagte der Wirt und sah diesmal den Kommissar an. »Ich wiege achtundneunzig Kilogramm, und er muß so um die hundertfünf wiegen.«

»Wie alt?«

»Vielleicht fünfzig, jedenfalls so um dieses Alter. Nicht sehr gepflegt, was bei einem Zahnarzt ja sehr erstaunlich ist. Er sieht etwas verkommen aus, wie ein alter Junggeselle.«

»Ist er denn nicht verheiratet?«

»Warten Sie mal ... Wenn ich mich recht erinnere, hat er vor ungefähr zwei Jahren geheiratet ... In dem Haus lebt auch noch eine alte Frau, seine Mutter, glaube ich, die jeden Morgen die Einkäufe macht ...«

»Kein Dienstmädchen?«

»Nein, nur eine Reinmachefrau. Wissen Sie, da bin ich mir nicht ganz sicher. Ich kenne nur ihn, weil er ab und zu mal herkommt und sich heimlich einen hinter die Binde gießt.«

»Heimlich?«

»Das ist bloß so eine Redensart. Leute wie er kommen normalerweise nicht in ein Bistro wie dieses.

Wenn er es mal tut, wirft er jedesmal einen Blick zu seinem Haus hinüber, als wolle er sich vergewissern, daß man ihn nicht sehen kann. Und er macht immer eine beschämte Miene, wenn er an die Theke tritt.

›Einen Rotwein!‹ sagt er immer. Nie etwas anderes. Ich weiß im voraus, daß ich die Flasche nicht an ihren Platz zurückzustellen brauche, weil er noch ein zweites Glas trinkt. Er leert das Glas in einem Zug und wischt sich den Mund ab. Das Geld hat er schon abgezählt in der Hand.«

»Betrinkt er sich manchmal?«

»Nein, nie. Immer nur zwei Gläser. Wenn er weggeht, sehe ich, wie er sich eine Pastille oder eine Gewürznelke in den Mund steckt, damit sein Atem nicht nach Wein riecht.«

»Wie sieht seine Mutter aus?«

»Eine kleine, alte, ausgemergelte Frau, die immer schwarz angezogen geht. Sie grüßt niemanden und hat bestimmt Haare auf den Zähnen!«

»Und seine Frau?«

»Ich habe sie fast nur gesehen, wenn sie im Auto hier vorbeifahren, aber wie man sich erzählt, ist sie Ausländerin. Sie ist groß und kräftig wie er, von blühendem Aussehen.«

»Glauben Sie, daß sie in die Ferien gefahren sind?«

»Moment mal. Ich glaube, ich habe ihm noch vor zwei oder vor drei Tagen seine zwei Glas Rotwein serviert.«

»Vor zwei oder drei Tagen?«

»Augenblickchen. Es war an dem Abend, als der Installateur hier war, um die Bierdruckanlage zu reparieren. Ich frag mal eben meine Frau, damit ich Ihnen keinen Quatsch erzähle.«

Es war vor zwei Tagen gewesen, also am Dienstag, nur wenige Stunden, bevor Alfred Jussiaume eine Frauenleiche in dem Haus entdeckt hatte.

»Wissen Sie noch, wie spät es war?«

»Er kommt gewöhnlich gegen halb sieben.«

»Zu Fuß?«

»Ja. Sie haben einen alten Wagen, aber um diese Zeit macht er einen Spaziergang durchs Viertel. Können Sie mir denn nicht sagen, worum es geht?«

»Vorläufig geht es um gar nichts. Eine bloße Überprüfung.«

Der Mann glaubte ihnen nicht. Sein Blick ließ das deutlich erkennen.

»Kommen Sie noch mal wieder?«

Und, zum Kommissar gewandt:

»Sie sind nicht zufällig Monsieur Maigret?«

»Hat Ihnen das jemand gesagt?«

»Einer der Maurer meint Sie erkannt zu haben. Wenn Sie es tatsächlich sind, würde meine Frau Sie gern mal persönlich kennenlernen!«

»Wir kommen später wieder«, versprach Maigret.

Sie hatten weiß Gott gut gegessen und den Calvados genossen, zu dem der Wirt, der aus Falaise stammte, sie eingeladen hatte. Sie gingen jetzt den Bürgersteig auf der schattigen Seite der Straße entlang. Maigret rauchte seine Pfeife in kleinen Zügen, Boissier hatte sich eine Zigarette angezündet. Zwei Finger an seiner rechten Hand waren vom Tabak braun geworden und sahen aus wie ein Pfeifenschaft.

Man konnte glauben, mehr als hundert Kilometer von Paris entfernt zu sein, in irgendeiner Kleinstadt. Die Privathäuser waren zahlreicher als die Mietshäuser, und einige waren bürgerliche große Kästen, die aus dem letzten oder vorletzten Jahrhundert stammten.

Es gab nur dies eine Vorgartengitter in der ganzen Straße, ein schwarzes Gitter, hinter dem sich eine Rasenfläche wie ein grüner Teppich im Sonnenlicht erstreckte. Auf dem Messingschild war zu lesen:

*Guillaume Serre*
*Zahnarzt*

Darunter in kleiner Schrift:

*Sprechstunden von 2 bis 5 Uhr*
*und nach Vereinbarung*

Die Sonne lag voll auf der Vorderfront des Hauses und erwärmte deren gelbliche Steine. Außer an zwei Fenstern waren die Jalousien geschlossen. Boissier merkte, daß Maigret zögerte.

»Wollen Sie reingehen?«

Bevor sie die Straße überquerten, warf Maigret einen Blick nach links und rechts die Straße hinab und runzelte die Stirn. Boissier sah in die Richtung, in die Maigret starr schaute.

»Die Bohnenstange!« entfuhr es ihm.

Sie kam vom Boulevard Richard-Wallace her und trug denselben grünen Hut wie vormittags. Als sie

Maigret und den Inspektor erblickte, tat sie, als ob sie stutzte, und ging dann schnurgerade auf die beiden zu.

»Sind Sie überrascht, daß ich hergekommen bin?«

»Hatten Sie denn die Adresse?«

»Ich habe vor einer guten halben Stunde in Ihrem Büro angerufen, um Ihnen zu sagen, daß ich die Liste gefunden habe. Ich wußte, daß sie irgendwo sein mußte. Ich hatte nämlich gesehen, daß Alfred sie studierte und Kreuzchen darin machte. Als ich heute morgen aus Ihrem Büro kam, fiel mir eine Stelle ein, wo Alfred sie versteckt haben könnte.«

»Wo war sie denn?«

»Muß ich Ihnen das sagen?«

»Das wäre besser.«

»Lieber nicht. Jetzt noch nicht.«

»Was haben Sie sonst noch gefunden?«

»Woher wissen Sie denn, daß ich noch etwas gefunden habe?«

»Heute morgen hatten Sie kein Geld, und jetzt sind Sie im Taxi hergekommen.«

»Das stimmt. Es war Geld da.«

»Viel?«

»Mehr, als ich erwartet hatte.«

»Wo ist die Liste?«

»Ich habe sie verbrannt.«

»Warum das?«

»Wegen der Kreuze. Sie bedeuten vielleicht die Adressen, wo Alfred gearbeitet hat, und Beweise gegen ihn will ich Ihnen ja nun gerade nicht liefern.«

Sie warf einen Blick auf die Hausfassade.

»Gehen Sie hinein?«

Maigret deutete mit dem Kopf ein Ja an.

»Es macht Ihnen doch nichts aus, wenn ich auf der Terrasse des Bistros da drüben auf Sie warte?«

Sie hatte kein Wort an Boissier gerichtet, der sie seinerseits ziemlich streng musterte.

»Wie Sie wollen«, erwiderte Maigret.

Den Inspektor an seiner Seite, trat er aus dem Schatten in den Sonnenschein, während Ernestines hohe Gestalt sich in Richtung der Terrasse entfernte.

Es war zehn Minuten nach zwei. Wenn der Zahnarzt nicht in die Ferien gefahren war, mußte er sich der Angabe auf dem Messingschild entsprechend in seiner Praxis aufhalten und den Patienten zur Verfügung stehen. Rechts neben dem Gittertor war eine elektrische Klingel. Maigret drückte auf den Knopf, und das Tor öffnete sich automatisch. Sie durchquerten den winzigen Vorgarten und fanden einen weiteren Klingelknopf an der Haustür, die nicht automatisch aufging. Dem Lärm der Glocke folgte eine lange Stille. Die beiden Männer horchten gespannt, einer wie der andere fest davon überzeugt, daß sich auf der anderen Seite der Türfüllung jemand befand, und sahen einander an. Schließlich wurde eine Kette losgehakt, der Riegel glitt zurück, und ein winziger Spalt ließ den Übergang zwischen Tür und Rahmen erkennen.

»Sind Sie angemeldet?«

»Wir hätten gern Dr. Serre gesprochen.«

»Er behandelt nur nach Voranmeldung.«

»Aber auf dem Messingschild steht doch ...«

Der Spalt wurde nicht größer. Man ahnte dahinter einen Umriß, ein mageres Altfrauengesicht.

»Das Schild ist fünfundzwanzig Jahre alt!«

»Würden Sie Ihrem Sohn sagen, daß Kommissar Maigret ihn sprechen möchte?«

Die Tür blieb noch einen Augenblick lang unbewegt, dann öffnete sie sich; man sah in einen großen, mit schwarzen und weißen Fliesen ausgelegten Korridor, der an einen Klostergang erinnerte, und die alte Dame, die sie vorangehen ließ, hätte ebensogut die Tracht einer Nonne tragen können.

»Sie müssen mich entschuldigen, Herr Kommissar, aber mein Sohn legt nicht viel Wert auf Laufkundschaft.«

Sie war gar nicht so übel, diese Frau. Es ging sogar eine erstaunliche Eleganz und Würde von ihr aus. Mit einem Lächeln versuchte sie, den schlechten Eindruck zu verwischen, den sie gemacht hatte.

»Treten Sie bitte ein. Ich muß Sie einen Augenblick um Geduld bitten. Seit einigen Jahren hat sich mein Sohn angewöhnt, besonders im Sommer, ein Mittagsschläfchen zu machen, und er ist noch nicht aufgestanden. Wenn Sie mir bitte hier entlang folgen wollen ...«

Sie öffnete linker Hand für sie eine zweiflügelige Tür aus poliertem Eichenholz, und Maigret hatte immer mehr den Eindruck, ein Kloster oder noch besser, ein reiches Pfarrhaus zu betreten. Dazu paßte auch der süßliche, geheimnisvolle Geruch, der ihn an irgend etwas erinnerte; er wußte nicht, woran und bemühte sich, darauf zu kommen. Das Wohnzimmer, in das sie geführt wurden, erhielt nur etwas Tageslicht durch die Spalten der Jalousien, und wenn man von draußen kam, wirkte es wie ein kühles Bad.

Die Geräusche der Stadt schienen hier nicht eindringen zu können, und man hatte das Gefühl, als habe sich in diesem Hause seit über einem Jahrhundert nichts verändert, als hätten diese Polstersessel, diese Lampentischchen, dieses Klavier und diese Porzellanfiguren schon immer am gleichen Platz gestanden. Das galt auch für die vergrößerten Fotografien an den Wänden in den schwarzen Holzrahmen, die aussahen wie Fotografien aus der Zeit Nadars. Der in einen Kragen aus dem vorigen Jahrhundert eingezwängte Mann über dem Kamin trug lange Koteletten, und an der gegenüberliegenden Wand sah eine Frau um die vierzig mit in der Mitte gescheiteltem Haar der Kaiserin Eugénie ähnlich.

Die alte Dame, die beinahe in einen dieser Bilderrahmen gepaßt hätte, blieb bei ihnen, bot ihnen Sitzgelegenheiten an und faltete die Hände wie eine fromme Ordensschwester.

»Ich möchte nicht indiskret erscheinen, Herr Kommissar, aber mein Sohn hat keine Geheimnisse vor mir. Wir haben immer zusammen gelebt, obwohl er die fünfzig schon überschritten hat. Ich habe nicht die leiseste Ahnung vom Zweck Ihres Besuches und möchte, ehe ich ihn wecke, gern wissen . . .«

Sie ließ den Satz unvollendet und schenkte ihnen ein wohlwollendes Lächeln.

»Ihr Sohn ist verheiratet, wie ich glaube?«

»Er ist zweimal verheiratet gewesen.«

»Ist seine zweite Frau hier?«

Ein leichter Anflug von Traurigkeit trat in ihre Augen, und Boissier fing an, wechselweise die Beine übereinanderzuschlagen; es war nicht die Art Umgebung, in der er sich wohlfühlte.

»Sie ist nicht mehr da, Herr Kommissar.«

Mit leisen Schritten ging sie und schloß die Tür, trat wieder zu den Besuchern und setzte sich in die Ecke eines Sofas, sehr aufrecht, in einer Haltung, wie man sie den jungen Mädchen in den Klöstern beibringt.

»Ich hoffe doch, sie hat keine Dummheiten gemacht?« fragte sie mit leiser Stimme.

Als Maigret daraufhin schwieg, seufzte sie, als ob sie sich ins Unabänderliche füge, und fuhr dann fort:

»Wenn es sich um sie handelt, habe ich recht gehabt, Sie zu fragen, bevor ich meinen Sohn aufwecke. Sie sind doch ihretwegen hergekommen, nicht wahr?«

Gab Maigret ein kleines Zeichen der Zustimmung? Er wurde sich dessen nicht bewußt. Er war viel zu fasziniert von der Atmosphäre dieses Hauses und noch mehr von dieser Frau, hinter deren sanftem Wesen er eine erstaunliche Energie ahnte. Es gab bei ihr keinen Mißton, weder in ihrer Kleidung noch in ihrem Gebaren und in ihrer Stimme. Man hätte eher erwartet, ihr in irgendeinem Schloß zu begegnen oder eher noch in einem jener großen, geräumigen Häuser in der Provinz, die wie Museen einer vergangenen Epoche sind.

»Als mein Sohn vor fünfzehn Jahren Witwer wurde, hat er lange Zeit nicht daran gedacht, sich wieder zu verheiraten.«

»Er hat es aber doch vor zwei Jahren getan, wenn ich mich nicht irre?«

Sie zeigte keinerlei Überraschung über die Tatsache, daß er informiert war.

»Das stimmt. Genau vor zweieinhalb Jahren. Er hat eine Patientin geheiratet, eine Dame, die ebenfalls in reiferem Alter war. Sie war damals siebenundvierzig. Sie stammte aus Holland und lebte allein in Paris. Ich bin nicht unsterblich, Herr Kommissar. So, wie Sie mich sehen, bin ich immerhin schon sechsundsiebzig.«

»Das sieht man Ihnen nicht an.«

»Ich weiß. Meine Mutter ist zweiundneunzig geworden, und meine Großmutter ist mit achtundachtzig bei einem Unfall ums Leben gekommen.«

»Und Ihr Vater?«

»Er ist jung gestorben.«

Sie sagte das, als sei das ohne Bedeutung oder mehr noch, als sei es das Schicksal der Männer, jung zu sterben.

»Ich habe Guillaume fast gedrängt, noch einmal zu heiraten, weil ich mir sagte, daß er auf diese Weise nicht allein dastehen würde.«

»Ist die Ehe unglücklich gewesen?«

»Das kann man nicht sagen. Jedenfalls anfangs nicht. Ich glaube, alles Leid ist daraus entstanden, daß sie Ausländerin war. Es gibt eben Nichtigkeiten, an die man sich nicht gewöhnen kann. Ich weiß nicht, wie ich Ihnen das erklären soll. Sehen Sie: allein schon die Probleme mit dem Kochen, die Vorliebe für dieses oder jenes Gericht! Vielleicht hat sie auch bei der Heirat mit meinem Sohn geglaubt, er sei wohlhabender, als er tatsächlich ist.«

»Hatte sie denn kein Vermögen?«

»Ein gutes Auskommen. Sie war zwar nicht gerade

bettelarm, aber bei den steigenden Lebenshaltungskosten . . .«

»Wann ist sie gestorben?«

Die alte Dame riß die Augen weit auf.

»Gestorben?«

»Entschuldigen Sie, ich glaubte, sie sei tot. Sie selbst sprechen von ihr in der Vergangenheitsform.«

Sie lächelte.

»Das stimmt. Aber nicht aus dem Grund, den Sie annehmen. Sie ist nicht gestorben; nur für uns ist es so, als sei sie tot. Sie hat uns verlassen.«

»Nach einem Streit?«

»Guillaume ist kein Mensch, der sich streitet.«

»Haben Sie mit ihr Streit gehabt?«

»Ich bin zu alt, um mich noch zu streiten, Herr Kommissar. Ich habe dergleichen zu oft erlebt. Ich kenne das Leben zu gut und lasse jedem . . .«

»Wann hat sie das Haus verlassen?«

»Vor zwei Tagen.«

»Hat sie Ihnen ihr Weggehen angekündigt?«

»Mein Sohn und ich wußten, daß es schließlich mit ihr so kommen würde.«

»Hat sie Ihnen gegenüber davon gesprochen?«

»Oft.«

»Hat sie den Grund dafür gesagt?«

Sie antwortete darauf nicht unmittelbar und schien nachzudenken.

»Wollen Sie, daß ich offen ausspreche, was ich denke? Wenn ich zögere, ist das nur, weil ich fürchte, daß Sie mich auslachen. Ich spreche über diese Dinge nicht gern mit Männern, aber ich nehme an, ein Kriminalkommissar ist zugleich ein wenig Arzt oder Beichtvater.«

»Sie sind katholisch, Madame Serre?«

»Ja. Meine Schwiegertochter war Protestantin. Aber das spielt keine Rolle. Wissen Sie: Sie war in einem für Frauen schwierigen Alter. Wir haben alle mehr oder weniger eine Periode von mehreren Jahren, in denen wir nicht wir selber sind. Jede Kleinigkeit bringt uns auf, und wir kommen leicht auf die merkwürdigsten Gedanken.«

»Ich verstehe. War das bei ihr der Fall?«

»Das und wohl auch noch einiges andere. Zuletzt träumte sie nur noch von ihrer holländischen Heimat und füllte die Tage damit aus, ihren Freundinnen zu schreiben, die sie dort noch besaß.«

»Hat Ihr Sohn mit ihr einmal eine Reise nach Holland gemacht?«

»Nein, nie.«

»Sie ist also am Dienstag abgereist?«

»Sie hat um neun Uhr vierzig einen Zug an der Gare du Nord genommen.«

»Den Nachtexpreß?«

»Ja. Den Tag über hatte sie ihre Koffer gepackt.«

»Hat Ihr Sohn sie zum Bahnhof gebracht?«

»Nein.«

»Hat sie sich ein Taxi bestellt?«

»Sie ist eins an der Ecke vom Boulevard Richard-Wallace holen gegangen.«

»Seither hat sie kein Lebenszeichen gegeben?«

»Nein. Ich glaube nicht, daß sie das Bedürfnis hat, uns zu schreiben.«

»Über eine Scheidung ist nicht gesprochen worden?«

»Ich habe Ihnen schon gesagt, daß wir katholisch sind. Mein Sohn hat außerdem keine Lust, sich wieder zu verheiraten. Ich verstehe immer noch nicht, was sich ereignet haben könnte, daß uns die Polizei ins Haus kommt.«

»Ich möchte gern von Ihnen wissen, Madame, was genau am Dienstagabend in diesem Haus passiert ist. Einen Augenblick! Sie haben kein Dienstmädchen, nicht wahr?«

»Nein, Herr Kommissar. Eugénie, unsere Haushaltshilfe, kommt jeden Morgen um neun und bleibt bis fünf.«

»Ist sie heute da?«

»Sie haben Pech; heute hat sie ihren freien Tag. Sie ist morgen wieder da.«

»Wohnt sie hier in der Nähe?«

»Nein, in Puteaux, auf dem anderen Seine-Ufer. Genau über dem Eisenwarengeschäft gegenüber der Brücke.«

»Ich nehme an, daß sie Ihrer Schwiegertochter beim Packen geholfen hat?«

»Sie hat die Koffer nach unten getragen.«

»Wieviele Koffer waren es?«

»Genau gesagt: ein großer Koffer und zwei Handkoffer aus Leder, außerdem ein Schmuckköfferchen und ein Reisenecessaire.«

»Eugénie hat also auch an diesem Tag das Haus um fünf Uhr verlassen?«

»Ja, das stimmt. Entschuldigen Sie, wenn ich so aufgeregt bin, aber ich werde zum erstenmal auf diese Weise befragt. Ich versichere Ihnen ...«

»Ist Ihr Sohn an dem bewußten Abend aus dem Haus gegangen?«

»Was verstehen Sie unter ›Abend‹?«

»Sagen wir, kurz vor dem Abendessen.«

»Er hat einen Spaziergang gemacht, wie er das immer tut.«

»Vermutlich hat er irgendwo einen Aperitif getrunken?«

»Er trinkt keinen Alkohol.«

»Wirklich nicht?«

»Nur ein Glas Wein, mit Wasser verdünnt, zu den Mahlzeiten, aber nie und nimmer dieses gräßliche Zeug, das sich Aperitif nennt.«

Man hätte meinen können, daß Boissier, der wortlos in seinem Sessel saß, den Anisduft schnupperte, der noch in seinem Schnurrbart hing.

»Wir haben mit dem Essen angefangen, sobald er nach Hause kam. Er macht immer denselben Spaziergang. Das ist eine Gewohnheit von ihm aus der Zeit, als wir noch einen Hund hatten, der zu bestimmten Zeiten ausgeführt werden mußte, und, na ja, er hat es eben beibehalten.«

»Sie haben jetzt keinen Hund mehr?«

»Seit vier Jahren nicht mehr, seit Bibi gestorben ist.«

»Haben Sie keine Katze?«

»Meine Schwiegertochter mochte Katzen nicht leiden. Sehen Sie, ich spreche von ihr schon wieder in der Vergangenheit. Das kommt einfach daher, daß diese Zeit in unseren Augen abgeschlossen und vorbei ist.«

»Haben Sie sich alle drei zu Tisch gesetzt?«

»Maria ist heruntergekommen, nachdem ich die Suppe aufgetragen hatte.«

»Und es hat keinen Wortwechsel gegeben?«

»Nicht den geringsten. Die Mahlzeit verlief, ohne daß einer ein Wort sagte. Ich merkte, daß Guillaume trotz allem innerlich sehr aufgewühlt war. Auf den ersten Blick wirkt er kühl, aber in Wirklichkeit ist er ein übersensibler Junge. Wenn man mehr als zwei Jahre lang mit jemandem eng zusammengelebt hat . . .«

Maigret und Boissier hatten nichts gehört. Die alte Dame hatte jedoch ein gutes Gehör. Sie neigte den Kopf und schien zu lauschen. Das war falsch, denn Maigret merkte es, stand auf und ging zur Tür, um sie zu öffnen. Ein Mann stand davor, in seiner Erscheinung größer, breiter und schwerer als der Kommissar. Er war einigermaßen verlegen und mußte schon eine Zeitlang gehorcht haben.

Seine Mutter hatte nicht gelogen, als sie behauptet hatte, er halte seinen Mittagsschlaf. Die spärlichen Haare klebten wirr in der Stirn, und er hatte eine Hose über sein weißes Hemd gestreift, dessen Kragen offengeblieben war. Er trug gestickte Pantoffeln.

»Kommen Sie herein, Monsieur Serre«, sagte Maigret.

»Ich bitte um Verzeihung. Ich habe Geräusche gehört. Ich nahm an . . .«

Er sprach ohne Hast und musterte sie einen nach dem anderen mit einem schwerfälligen, langen Blick.

»Die Herren sind von der Polizei«, erklärte die Mutter und erhob sich.

Er stellte keine Fragen, sah sie abermals an und knöpfte sich das Hemd zu.

»Madame Serre sagte uns, daß Ihre Frau vorgestern abgereist ist.«

Diesmal wandte er sich der alten Dame zu und zog die Stirn kraus. Sein massiger Körper war ebenso schlaff wie sein Gesicht, aber im Gegensatz zu vielen Dicken wirkte er nicht sehr beweglich. Seine Haut war matt und sehr blaß. Braune Haarbüschel wuchsen ihm aus Nasenlöchern und Ohren, und er hatte große, buschige Augenbrauen.

»Was genau wünschen die Herren?« fragte er, jede Silbe betonend.

»Ich weiß es nicht.«

Maigret geriet in ziemliche Verlegenheit. Boissier seinerseits fragte sich, wie sich der Kommissar aus der Affäre ziehen würde. Mit solchen Leuten wie diesen wurde man nicht so leicht fertig.

»Um die Wahrheit zu sagen, Monsieur Serre, bei der Unterhaltung ist ganz zufällig die Rede auf Ihre Frau gekommen. Ihre Mutter hat uns wissen lassen, daß Sie sich zur Mittagsruhe zurückgezogen hätten, und da haben wir geplaudert und auf Sie gewartet. Wenn Sie uns hier sehen, meinen Kollegen« – über dieses Wort fühlte sich Boissier ungemein geschmeichelt – »und mich, dann nur, weil wir Grund zu der Annahme haben, daß Sie das Opfer eines versuchten Einbruchs geworden sind.«

Serre war kein Mann, der die Augen niedergeschlagen hätte. Er sah Maigret mit einer Miene an, als wolle er dessen geheimste Gedanken lesen.

»Wer hat Sie denn auf diese Idee gebracht?«

»Uns gehen zuweilen vertrauliche Mitteilungen zu.«

»Vermutlich meinen Sie Polizeispitzel?«

»Nehmen wir mal an, daß es so ist.«

»Ich bedaure, meine Herren . . .«

»Bei Ihnen ist also nicht eingebrochen worden?«

»Wenn das geschehen wäre, hätte ich selbstverständlich von mir aus sofort das hiesige Polizeirevier verständigt.«

Er unternahm keinen Versuch, liebenswürdig zu sein. Kein einziges Mal zeigte sich auf seinem Gesicht auch nur der Anflug eines Lächelns.

»Sie besitzen aber doch einen Geldschrank?«

»Ich vermute, daß es mein gutes Recht ist, Ihnen nicht zu antworten. Ich sehe jedoch nichts Ungebührliches darin, Ihnen zu verraten, daß ich tatsächlich einen habe.«

Seine Mutter versuchte, ihm ein Zeichen zu geben, vermutlich, um ihm zu raten, sich weniger abweisend zu verhalten. Er merkte es, setzte aber dennoch seinen Kopf durch.

»Wenn ich mich nicht irre, handelt es sich um ein Modell der Firma Planchart, das vor ungefähr achtzehn Jahren eingebaut worden ist.«

Er wurde nicht verlegen. Er war stehengeblieben, während Maigret und Boissier im Halbdunkel saßen, und Maigret fiel auf, daß er dasselbe starke Kinn hatte wie der Mann auf dem Porträtfoto an der Wand und dieselben Brauen. Zum Spaß versuchte der Kommissar, ihn sich mit Backenbart vorzustellen.

»Ich kann mich nicht mehr an das Datum des Einbaus erinnern, und das geht auch niemanden etwas an.«

»Ich habe beim Hereinkommen bemerkt, daß die Haustür mit einem Sicherheitsschloß und einer Kette versehen ist.«

»Das ist bei vielen Türen der Fall.«

»Sie schlafen in der ersten Etage, Ihre Mutter und Sie?«

Serre zog es vor, beharrlich zu schweigen.

»Ihr Büro und Ihre Praxis befinden sich hier im Erdgeschoß?«

Einer Geste der alten Dame entnahm Maigret, daß es die Räume waren, die neben dem Wohnzimmer lagen.

»Dürfte ich wohl einen Blick hineinwerfen?«

Er zögerte, öffnete den Mund, und Maigret war überzeugt, daß er nein sagen wollte. Seine Mutter spürte es auch, denn sie griff ein.

»Warum sollen wir den Herren nicht ihren Wunsch erfüllen? Sie werden mit eigenen Augen sehen, daß bei uns nicht eingebrochen worden ist.«

Der Mann zuckte die Achseln, machte weiterhin ein verbissenes, trotziges Gesicht und weigerte sich, ihnen in die angrenzenden Zimmer zu folgen.

Madame Serre führte sie zunächst in ein Arbeitszimmer, das ebenso altmodisch und friedlich war wie das Wohnzimmer. Hinter einem Sessel mit schwarzem Lederbezug erhob sich ein Ungetüm von einem dunkelgrün gestrichenen Geldschrank, ein ziemlich altes Modell. Boissier trat nahe heran und fuhr mit sachkundiger Hand über den Stahl.

»So, Sie sehen also, daß alles in Ordnung ist«, sagte die Alte. »Sie müssen meinem Sohn seine schlechte Laune nicht übelnehmen, aber ...«

Sie verstummte, als sie ihn im Türrahmen stehen sah, wie er sie wütend beobachtete.

Dann wies sie auf die gebundenen Bücher, die die Regale ringsum füllten, und fuhr mit gespielter Liebenswürdigkeit fort:

»Wundern Sie sich nicht, daß Sie vor allem juristische Bücher sehen. Sie stammen aus der Bibliothek meines Mannes, der Rechtsanwalt war.«

Sie öffnete eine letzte Tür. Hier war die Einrichtung vertrauter, denn sie gehörte zum Behandlungszimmer eines beliebigen Zahnarztes mit dem verstellbaren Stuhl und den üblichen Instrumenten. Bis zur Fenstermitte waren die Scheiben aus Milchglas. Als sie wieder das Arbeitszimmer durchquerten, trat Boissier an eines der Fenster, über das er wiederum langsam mit den Fingern fuhr, bevor er Maigret einen vielsagenden Blick zuwarf.

»Ist es schon lange her, daß diese Fensterscheibe ersetzt worden ist?« fragte er dann.

Die Alte war es, die ohne Zögern antwortete:

»Vor vier Tagen. Das Fenster war bei dem großen Gewitter aufgeblieben, an das Sie sich bestimmt noch erinnern.«

»Haben Sie den Glaser kommen lassen?«

»Nein.«

»Wer hat denn die neue Scheibe eingesetzt?«

»Mein Sohn. Er bastelt gern. Die kleinen Reparaturen im Haus erledigt er immer selbst.«

Erst jetzt schaltete sich Guillaume Serre mit einem Anflug von Ungeduld in der Stimme wieder ein:

»Diese Herren haben überhaupt nicht das Recht, uns zu belästigen, Mama! Beantworte ihre Fragen nicht mehr!«

Sie richtete es so ein, daß sie ihm den Rücken zeigte, als sie Maigret mit einem Lächeln bedachte, das besagen sollte: »Nehmen Sie keine Notiz von ihm. Ich habe es Ihnen ja gleich gesagt.«

Sie begleitete sie bis zur Haustür, während ihr Sohn mitten im Wohnzimmer stehenblieb, und flüsterte ihnen, sich zu ihnen hinbeugend, zu:

»Wenn Sie noch mal mit mir sprechen wollen, kommen Sie am besten, wenn er nicht da ist.«

Sie standen wieder draußen in der Sonne, die ihnen sofort auf der Haut brannte. Als sie das Gittertor hinter sich gelassen hatten – sein leichtes Quietschen ließ an eine Klosterpforte denken –, gewahrten sie auf dem Bürgersteig gegenüber den grünen Hut Ernestines, die auf der Terrasse des Bistros saß.

Maigret zögerte. Sie hätten die Straße nach links hinuntergehen und so ein Zusammentreffen mit ihr vermeiden können. Wenn sie zu ihr hinübergingen, erweckten sie beinahe den Anschein, als erstatteten sie ihr Bericht.

Vielleicht von einer Art Taktgefühl getrieben, fragte der Kommissar brummig:

»Wollen wir ein Bier trinken?«

Mit forschender Miene sah Ernestine die beiden näherkommen.

## 3

### *Ernestine hüllt sich schamhaft in einen Morgenrock, und die alte Dame aus Neuilly stattet Maigret einen Besuch ab*

Was hast du heute gemacht?« fragte Madame Maigret, als sie sich am offenen Fenster zu Tisch setzten.

Auch in den Häusern gegenüber sah man die Leute essen; überall waren die gleichen hellen Farbflecken der Oberhemden der Männer zu erkennen, die sich ihr Jackett ausgezogen hatten. Manche lehnten sich nach der Mahlzeit aus den Fenstern. Man hörte Radiomusik, Säuglingsgeschrei und Stimmengewirr. Vor einigen Haustüren hatten es sich die Conciergen auf ihren Stühlen bequem gemacht.

»Nichts Besonderes«, antwortete Maigret. »Eine Geschichte mit einer Holländerin, die vielleicht ermordet wurde, vielleicht aber auch noch irgendwo am Leben ist.«

Es war noch zu früh, um davon zu berichten. Alles in allem hatte er es gemächlich angehen lassen. Sie hatten lange auf der kleinen Terrasse in der Rue de la Ferme herumgetrödelt, Boissier, Ernestine und er, und von ihnen dreien war Ernestine am aufgeregtesten gewesen.

Entrüstet hatte sie gefragt:

»Er hat also behauptet, daß alles nicht wahr sei?«

Der Wirt hatte ihnen Bier gebracht.

»Eigentlich hat er gar nichts gesagt. Seine Mutter hat geredet. Er hätte uns am liebsten vor die Tür gesetzt.«

»Und er versichert, es habe keine Leiche im Arbeitszimmer gelegen?«

Sie hatte sich offensichtlich beim Weinhändler über die Bewohner des Hauses mit dem Gitter erkundigt.

»Warum hat er denn nicht die Polizei von dem versuchten Einbruch benachrichtigt?«

»Ihm zufolge hat niemand bei ihm einen Einbruchsversuch unternommen.«

Sie mußte die Gewohnheiten des Traurigen Alfred kennen:

»Hat denn nicht eine Fensterscheibe gefehlt?«

Boissier blickte Maigret an, als wolle er ihm raten, nichts zu sagen, aber der Kommissar achtete nicht darauf.

»Eine Scheibe ist kürzlich ersetzt worden; wie es scheint, war sie vor vier oder fünf Tagen bei dem Gewitter abends in Brüche gegangen.«

»Er lügt.«

»Einer lügt ganz gewiß.«

»Glauben Sie, daß ich das bin?«

»Das habe ich nicht gesagt. Es könnte Alfred sein.«

»Warum sollte er mir diese Geschichte am Telefon erzählt haben?«

»Vielleicht hat er sie gar nicht erzählt«, schaltete sich Boissier ein und sah sie aufmerksam an.

»Aus welchem Grunde sollte ich sie erfunden haben? Denken Sie das auch, Monsieur Maigret?«

»Ich denke überhaupt nichts.«

Er lächelte vage. Er fühlte sich wohl, fast zufrieden. Das Bier war kühl, und der Schatten strahlte einen Duft aus wie auf dem Land, vielleicht wegen der unmittelbaren Nähe des Bois de Boulogne.

Es war ein fauler Nachmittag gewesen. Sie hatten zwei Halbe getrunken. Dann hatten sie das Mädchen, um es nicht so weit vom Zentrum von Paris entfernt zurückzulassen, in ihrem Taxi mitgenommen und am Châtelet abgesetzt.

»Rufen Sie mich an, sobald Sie einen Brief bekommen.«

Er fühlte, daß er sie enttäuschte, daß sie etwas anderes von ihm erwartet hatte. Vielleicht sagte sie sich, daß er alt geworden sei, daß er jetzt den anderen ähnele und sich nur mit halbem Herzen mit ihrer Angelegenheit beschäftige.

»Wollen Sie, daß ich meinen Urlaub verschiebe?« hatte Boissier vorgeschlagen.

»Ich nehme an, Ihre Frau hat schon die Koffer gepackt?«

»Sie befinden sich bereits am Bahnhof. Wir wollten morgen früh mit dem Sechsuhrzug fahren.«

»Mit Ihrer Tochter?«

»Ja, natürlich.«

»Dann reisen Sie!«

»Sie brauchen mich also nicht?«

»Haben Sie mir die Akte dagelassen?«

Als er in seinem Büro wieder allein war, hatte er ein

klein wenig in seinem Sessel vor sich hingedöst. Die Wespe war nicht mehr da. Die Sonne war zur anderen Seite des Quais hinübergewandert. Lucas befand sich seit dem Mittag in Ferien. Er rief Janvier, der als erster seinen Urlaub genommen hatte, bereits im Juni, wegen einer Hochzeit irgendwo in seiner Familie.

»Setz dich. Ich habe Arbeit für dich. Bist du mit deinem Bericht fertig?«

»Ich habe ihn gerade abgeschlossen.«

»Gut. Schreib mal auf. Zuerst müßte im Rathaus von Neuilly der Mädchenname einer Holländerin ermittelt werden. Sie hat vor zweieinhalb Jahren einen gewissen Guillaume Serre geheiratet. Anschrift Rue de la Ferme 43a.«

»Das wird nicht schwer sein.«

»Wahrscheinlich nicht. Sie muß damals schon einige Zeit in Paris gelebt haben. Du versuchst herauszubekommen, wo sie gewohnt hat, was sie gemacht hat, wie ihre Familienverhältnisse aussehen, wie es um ihr Vermögen steht und so weiter.«

»Verstanden, Chef!«

»Sie hat dem Vernehmen nach das Haus in der Rue de la Ferme am Dienstag zwischen acht und neun Uhr abends verlassen und den Nachtzug nach Holland genommen. Sie soll selbst ein Taxi an der Ecke Boulevard Richard-Wallace holen gegangen sein, um ihr Gepäck zu befördern.«

Janvier notierte sich Stichworte auf einer Seite seines Notizbuches.

»Ist das alles?«

»Nein. Laß dir helfen, damit du Zeit sparst. Ich

möchte, daß die Bewohner des Viertels, die Geschäftsleute und so weiter, über die Serres befragt werden.«

»Wieviele Personen sind das?«

»Mutter und Sohn. Die Mutter ist beinahe achtzig. Der Sohn ist Zahnarzt. Befrag auch das Bahnhofs- und Zugpersonal.«

»Kann ich einen von unseren Wagen bekommen?«

»Kannst du.«

Was ihn betraf, so war das so ziemlich alles gewesen, was er an diesem Nachmittag erledigt hatte. Er hatte ein Ferngespräch mit der belgischen Kriminalpolizei angemeldet, die die Beschreibung des Traurigen Alfred besaß, ihn aber noch nicht gefunden hatte. Er hatte auch ein langes Telefonat mit dem Kommissar geführt, der an der Grenze in Jeumont die Pässe abstempelte. Dieser hatte persönlich den Zug kontrolliert, den Alfred genommen haben sollte, erinnerte sich aber an keinen Reisenden, der dem Tresorspezialisten ähnlich gesehen hätte.

Das hatte nichts zu besagen. Man mußte abwarten. Maigret hatte dann noch eine Reihe von Schriftstükken in Vertretung des Direktors der Kriminalpolizei unterzeichnet, hatte in Gesellschaft seines Kollegen vom Erkennungsdienst seinen Aperitif in der Brasserie Dauphine getrunken und war mit dem Autobus nach Hause gefahren.

»Was wollen wir jetzt tun?« fragte Madame Maigret, als der Tisch abgedeckt war.

»Wir gehen spazieren.«

Was besagen sollte, daß sie gemütlich bis zu den

großen Boulevards gingen und sich dann auf eine Restaurantterrasse setzten. Die Sonne war untergegangen. Die Luft war frischer geworden, wenn auch noch von warmen Schwaden erfüllt, die vom Pflaster des Trottoirs aufzusteigen schienen. Die Schiebetüren der Brasserie standen weit offen, und ein kümmerliches Orchester musizierte. Die meisten Gäste saßen wie die Maigrets schweigend an ihren runden Tischchen und beobachteten die Passanten. Die Dämmerung ließ die Gesichter immer mehr verschwimmen. Dann gab ihnen das aufflammende Lampenlicht ein neues Aussehen.

Wie die anderen Paare schlenderten sie ihrer Wohnung zu. Madame Maigret hatte sich bei ihrem Mann untergehakt.

Und dann begann wieder ein neuer Tag, an dem die Sonne ebenso strahlte wie am Tag zuvor.

Statt sich auf direktem Wege in sein Büro zu begeben, machte Maigret einen Umweg über den Quai de Jemmapes, fand das grün gestrichene Bistro in der Nähe der Saint-Martin-Schleuse mit dem Schild »Imbiß zu jeder Tageszeit« und stellte sich an die Theke.

»Einen Weißwein.«

Dann stellte er seine Frage. Der Mann aus der Auvergne, der ihn bediente, antwortete ohne Zögern.

»Ich weiß nicht mehr ganz genau, wie spät es gewesen ist, aber da ist ein Anruf gekommen. Es wurde schon hell. Weder meine Frau noch ich sind aufgestanden, denn um diese Zeit konnte es nicht für uns sein. Ernestine ist dann runtergekommen, und ich habe gehört, wie sie lange gesprochen hat.«

In diesem Punkt wenigstens hatte sie nicht gelogen.

»Um welche Zeit hat Alfred am Abend zuvor das Haus verlassen?«

»Das kann so gegen elf gewesen sein. Vielleicht auch ein bißchen früher. Ich erinnere mich nur noch daran, daß er sein Fahrrad bei sich hatte.«

Eine Tür führte vom Bistro unmittelbar in den Hausflur, aus dem man über eine Treppe in die oberen Etagen gelangte. Die Wände im Treppenhaus waren weiß gekalkt wie auf dem Lande. Man hörte den Lärm eines Krans, der in der Nähe einen mit Sand beladenen Schleppkahn löschte.

Maigret klopfte an eine Tür, die sich halb öffnete und den Blick auf Ernestine freigab, die im Unterrock dastand und nur sagte:

»Ach, Sie sind's!«

Dann griff sie eilends nach einem auf dem ungemachten Bett liegenden Morgenrock und zog ihn über.

Lächelte Maigret, weil er an die Ernestine von damals denken mußte?

»Das tue ich mehr aus Barmherzigkeit, wissen Sie!« erklärte sie. »Es ist kein schöner Anblick mehr.«

Das Fenster war offen. Eine blutrote Geranie stand im Zimmer. Die Bettdecke war ebenfalls rot. Eine Tür war geöffnet und ließ eine kleine Küche erkennen, aus der ein guter Kaffeeduft strömte.

Er wußte nicht recht, was er eigentlich hier wollte.

»War gestern abend keine postlagernde Sendung für Sie dabei?«

Sie erwiderte bekümmert:

»Nichts.«

»Finden Sie es nicht merkwürdig, daß er nicht geschrieben hat?«

»Vielleicht ist er mißtrauisch. Er muß erstaunt gewesen sein, daß die Zeitungen nichts bringen. Er sagt sich wahrscheinlich, daß ich überwacht werde. Ich wollte gerade zur Post gehen.«

In einer Ecke des Zimmers stand ein alter Koffer herum.

»Sind das seine Sachen?«

»Seine und auch meine. Wir besitzen beide nicht viel.«

Dann sah sie ihn mit vielsagender Miene an und fragte:

»Sie wollen doch sicher gern ein wenig herumstöbern? Aber ja! Ich habe Verständnis dafür. Es muß ja wohl sein. Sie werden bestimmte Werkzeuge finden, denn von denen hatte er einen zweiten Satz, ferner zwei alte Anzüge, einige Kleider und Wäsche.«

Während sie redete, leerte sie den Inhalt des Koffers auf dem Boden aus und zog die Schubladen einer Kommode auf. »Ich habe nachgedacht, denn mir ist aufgegangen, was Sie gestern sagten. Es kann gar nicht anders sein, als daß einer gelogen hat. Entweder die Leute da, die Mutter und ihr Sohn, oder Alfred oder ich. Sie haben keinen Grund, einem von uns mehr zu glauben als den anderen.«

»Hat Alfred keine Verwandten auf dem Lande?«

»Er hat überhaupt keine Angehörigen mehr. Er hat nur seine Mutter gekannt, und die ist vor zwanzig Jahren gestorben.«

»Sie sind nie zusammen irgendwohin gefahren, an einen Ort außerhalb von Paris?«

»Nie weiter als Corbeil.«

In Corbeil dürfte er wohl kaum Zuflucht gesucht haben. Das lag zu nahe. Bei Maigret setzte sich allmählich die Auffassung durch, daß Alfred auch nicht nach Belgien gefahren war.

»Gibt es keinen Ort, von dem er mal gesagt hat, er würde ihn eines Tages gern besuchen?«

»Er sprach nur vom Lande, ohne genaue Angaben zu machen. Für ihn schloß das alles ein.«

»Und Sie, Sie sind auf dem Lande geboren?«

»Ja, in der Gegend von Nevers, in einem winzigen Nest, das Saint-Martin-des-Prés heißt.«

Sie holte aus einer Schublade eine Ansichtskarte, auf der man die Dorfkirche und einen ihr gegenüberliegenden Tümpel sah, der als Viehtränke diente.

»Haben Sie ihm die Karte jemals gezeigt?«

Sie begriff, worauf er hinauswollte. Mädchen wie Ernestine begreifen schnell.

»Es würde mich wundern, wenn er dort wäre. Er war tatsächlich in der Nähe der Gare du Nord, als er mit mir telefonierte.«

»Wie können Sie das wissen?«

»Ich habe die Kneipe ausfindig gemacht, gestern abend ... Sie liegt in der Rue de Maubeuge, neben einem Koffergeschäft. Bar du Levant nennt sie sich. Der Wirt erinnerte sich an ihn, weil Alfred an diesem Tag sein erster Kunde war. Er hatte gerade die Kaffeemaschine angemacht, als Alfred hereinkam. Möchten Sie eine Tasse Kaffee?«

Es ärgerte ihn, ablehnen zu müssen, aber er hatte kurz vorher Weißwein getrunken.

»Ich nehme es Ihnen nicht übel.«

Er hatte Mühe, in diesem Viertel ein Taxi zu finden, und ließ sich dann zur Bar du Levant fahren.

»Ein kleiner magerer Mann mit trauriger Miene und Augen, die rot waren, als ob er geweint hätte«, sagte man ihm.

Das mußte Alfred Jussiaume sein, der oft rotgeränderte Lider hatte.

»Er hat lange am Telefon geredet, hat zwei Kaffee ohne Zucker getrunken und ist dann in Richtung Bahnhof gegangen. Umgesehen hat er sich die ganze Zeit, als ob er Angst hatte, verfolgt zu werden. Hat er was ausgefressen?«

Es war zehn Uhr, als Maigret endlich die Treppe zu den Büros der Kriminalpolizei hinaufstieg, auf der stets Staub aufwirbelte, der im Sonnenlicht wie Nebel aussah. Entgegen seiner Gewohnheit warf er keinen Blick durch die Glasscheiben des Wartezimmers und durchquerte das fast leere Büro der Inspektoren.

»Ist Janvier noch nicht da?«

»Er war gegen acht Uhr hier und ist wieder weggegangen. Er hat Ihnen eine Nachricht auf den Schreibtisch gelegt.«

Auf dem Zettel stand:

*Die Frau heißt Maria van Aerts. Sie ist 51 Jahre alt und stammt aus Sneek in Friesland. Ich fahre nach Neuilly, wo sie in einer Familienpension in der Rue de Longchamp gewohnt hat. Das Taxi habe ich noch nicht gefunden. Vacher kümmert sich um den Bahnhof.*

Joseph, der Bürodiener, öffnete die Tür.

»Ich hatte Sie nicht hereinkommen sehen, Monsieur Maigret. Eine Dame wartet schon seit einer halben Stunde auf Sie.«

Er reichte ihm einen Vordruck, auf den die alte Madame Serre in kleiner, steiler Schrift ihren Namen geschrieben hatte.

»Soll ich sie hereinführen?«

Maigret zog sich das Jackett wieder an, das er gerade abgelegt hatte, öffnete das Fenster, stopfte seine Pfeife und setzte sich.

»Lassen Sie sie herein, ja.«

Er fragte sich, wie sie sich wohl außerhalb ihrer häuslichen Umgebung verhalten würde, aber zu seiner Überraschung paßte alles harmonisch zusammen. Sie war nicht schwarz gekleidet wie am Tag zuvor, sondern trug ein weißes Kleid mit dunklem Muster. Ihr Hut war keineswegs lächerlich. Sie trat ungezwungen herein.

»Ein bißchen haben Sie doch mit meinem Besuch gerechnet, nicht wahr, Herr Kommissar?«

Er hatte nicht damit gerechnet, vermied es jedoch, ihr das zu sagen.

»Nehmen Sie Platz, Madame.«

»Danke.«

»Stört Sie auch der Rauch nicht?«

»Mein Sohn raucht den ganzen Tag Zigarren. Ich war gestern derart durcheinander wegen der Art und

Weise, mit der er Sie empfangen hat! Ich habe versucht, Ihnen einen Wink zu geben, nicht in ihn zu dringen, denn ich weiß, wie er ist.«

Sie war überhaupt nicht nervös, ließ sich beim Sprechen Zeit und bedachte Maigret mehrmals mit einem komplizenhaften Lächeln.

»Ich glaube, daß ich schuld bin, daß ich ihn falsch erzogen habe. Sehen Sie, ich habe nur dieses eine Kind, und beim Tod meines Mannes war er erst siebzehn. Ich habe ihn verwöhnt. Guillaume war der einzige Mann im Haus. Wenn Sie Kinder haben . . .«

Maigret musterte sie und versuchte, sich über sie eine Meinung zu bilden, aber es gelang ihm nicht. Daher fragte er:

»Sie sind in Paris geboren?«

»In dem Haus, das Sie gestern betreten haben.«

Es war ein seltener Zufall, im Verlauf einer Untersuchung zwei Personen zu finden, die in Paris zur Welt gekommen waren. Fast immer stammten die Leute, mit denen er zu tun hatte, aus der Provinz.

»Und Ihr Gatte?«

»Sein Vater war vor ihm schon Anwalt in der Rue de Tocqueville im 17. Arrondissement.«

Jetzt waren es sogar drei! Kein Wunder, daß die Atmosphäre in dem Haus an der Rue de la Ferme so völlig provinziell war!

»Wir haben fast immer zusammen gewohnt, wir beide, mein Sohn und ich, und ich vermute, das hat ihn ein wenig menschenscheu werden lassen.«

»Ich glaubte, er sei schon einmal verheiratet gewesen?«

»Das war er auch. Seine Frau hat aber nicht lange gelebt.«

»Wieviel Jahre nach der Hochzeit ist sie gestorben?«

Sie öffnete den Mund; er merkte, daß ihr ein Gedanke durch den Kopf schoß und sie zögern ließ. Er hatte sogar den Eindruck, als sehe er eine leichte Röte in ihre Wangen steigen.

»Zwei Jahre«, sagte sie dann. »Merkwürdig, nicht wahr? Dies allein macht mich so betroffen. Auch mit Maria hat er nur zwei Jahre zusammengelebt.«

»Wer war seine erste Frau?«

»Ein Mädchen aus allerbester Familie, Jeanne Devoisin, die wir während eines Sommers in Dieppe kennenlernten. Es war zu der Zeit, als wir dort noch jedes Jahr hinfuhren.«

»War sie jünger als er?«

»Warten Sie mal ... Er war damals zweiunddreißig. Na, sie war ungefähr gleichaltrig. Sie war Witwe.«

»Hatte sie keine Kinder?«

»Nein. Meines Wissens hatte sie keine Angehörigen, außer einer Schwester, die in Indochina lebte.«

»Woran ist sie gestorben?«

»An einem Herzschlag. Sie hatte ein schwaches Herz und verbrachte die meiste Zeit bei Ärzten.«

Sie lächelte ein weiteres Mal:

»Ich habe Ihnen noch gar nicht gesagt, warum ich eigentlich zu Ihnen komme. Ich wollte Sie zuerst gestern anrufen, als mein Sohn gerade seinen gewohnten Spaziergang machte, dann habe ich mir aber gedacht, es sei korrekter, wenn ich Sie persönlich aufsuche. Ich möchte mich ausdrücklich wegen Guillaumes Benehmen Ihnen gegenüber entschuldigen und Ihnen sagen, daß seine schlechte Laune sich nicht gegen Sie persönlich richtete. Er ist eben von Natur aus ziemlich unbeherrscht.«

»Das habe ich gemerkt.«

»Wenn ich mir vorstelle, Sie könnten ihn einer unehrenhaften Handlung verdächtigen . . . Er war schon als Kind so . . .«

»Hat er mich belogen?«

»Wie bitte?«

Das Gesicht der alten Dame drückte ehrliches Erstaunen aus.

»Warum sollte er Sie belogen haben? Das verstehe ich nicht. Sie haben doch sozusagen überhaupt keine Fragen gestellt. Nur um diejenigen zu beantworten, die Sie mir stellen möchten, bin ich heute hergekommen. Wir haben nichts zu verbergen. Ich weiß nicht, aufgrund welcher Vorkommnisse Sie sich mit uns befassen. Es muß ein Mißverständnis sein oder der Racheakt irgendeines Nachbarn.«

»Wann ist die Fensterscheibe kaputtgegangen?«

»Ich habe Ihnen schon gesagt, oder mein Sohn, ich weiß es nicht mehr: bei dem Unwetter in der vergangenen Woche. Ich war gerade in der ersten Etage und hatte keine Zeit mehr, sämtliche Fenster zuzumachen, da habe ich schon das Splittern von Glas gehört.«

»War das am hellichten Tage?«

»Es muß gegen sechs Uhr abends gewesen sein.«

»So daß Ihre Haushaltshilfe nicht mehr da war?«

»Sie geht immer um fünf Uhr weg, ich glaube, das erzählte ich Ihnen auch schon. Ich habe meinem Sohn nicht verraten, daß ich zu Ihnen gehen wollte. Ich war der Meinung, Sie möchten vielleicht gern das Haus inspizieren. Das ginge einfacher, wenn er nicht da ist.«

»Sie wollen sagen: während seines Spaziergangs am Spätnachmittag?«

»Ja. Sie werden dann nämlich sehen, daß es bei uns nichts zu verheimlichen gibt und daß sich alles schon gestern aufgeklärt hätte, wenn Guillaume nicht diesen eigenartigen Charakter hätte.«

»Sie sind sich klar darüber, Madame Serre, daß Sie aus freien Stücken hierher gekommen sind?«

»Aber ja doch.«

»Und daß Sie mich selbst auffordern, Ihnen Fragen zu stellen?«

Sie nickte zustimmend.

»Dann wollen wir mal die Ereignisse von der letzten Mahlzeit an durchsprechen, die Sie gemeinsam eingenommen haben – Sie, Ihr Sohn und Ihre Schwiegertochter. Die Koffer Ihrer Schwiegertochter waren gepackt. Wo standen sie?«

»Im Hausflur.«

»Wer hatte sie hinuntergetragen?«

»Eugénie hatte die Handkoffer genommen und mein Sohn den großen Koffer, weil der zu schwer für sie war.«

»War es ein sehr großer Koffer?«

»Ein sogenannter Kabinenkoffer. Vor ihrer Ehe war Maria viel auf Reisen. Sie hat in Italien und in Ägypten gelebt.«

»Was haben Sie gegessen?«

Die Frage schien sie zu amüsieren und zu überraschen.

»Momentchen. Da ich für das Kochen zuständig bin, werde ich es noch zusammenkriegen. Vorweg eine Gemüsesuppe. Wir essen aus gesundheitlichen Gründen immer Gemüsesuppe. Dann hatten wir gegrillte Makrelen und Kartoffelpüree.«

»Und zum Nachtisch?«

»Einen Schokoladenpudding. Ja, ganz recht. Mein Sohn hat ihn schon immer mit Vorliebe gegessen.«

»Eine Auseinandersetzung hat es bei Tisch nicht gegeben? Wie spät waren Sie mit dem Essen fertig?«

»Ungefähr um halb acht. Ich habe das Geschirr in den Ausguß gestellt und bin nach oben gegangen.«

»Also waren Sie nicht dabei, als Ihre Schwiegertochter das Haus verließ?«

»Ich legte keinen Wert darauf. Solche Augenblicke sind immer peinlich, und ich erspare mir lieber Aufregungen. Ich habe ihr unten im Wohnzimmer auf Wiedersehen gesagt. Ich bin ihr nicht böse. Jeder hat nun mal seine Eigenarten und . . .«

»Wo war Ihr Sohn während dieser Zeit?«

»In seinem Arbeitszimmer, glaube ich.«

»Sie wissen nicht, ob er eine letzte Aussprache mit seiner Frau gehabt hat?«

»Das ist kaum möglich. Sie ist wieder nach oben gegangen. Ich habe gehört, daß sie sich in ihrem Schlafzimmer reisefertig machte.«

»Ihr Haus ist wie die meisten alten Häuser aus solidem Material gebaut. Ich vermute, daß es in der ersten

Etage schwierig ist, die Geräusche im Erdgeschoß zu hören?«

»Für mich nicht«, antwortete sie und verzog schmollend den Mund.

»Was wollen Sie damit sagen?«

»Daß ich feine Ohren habe. In einem Zimmer kann eine Diele nicht knarren, ohne daß ich es höre.«

»Wer hat das Taxi geholt?«

»Maria, wie ich Ihnen schon gestern sagte.«

»Ist sie lange weggeblieben?«

»Ja, ziemlich lange. Es gibt in der Nähe keinen Taxistand, und man muß warten, bis zufällig ein leeres Taxi vorbeifährt.«

»Sie sind ans Fenster gegangen?«

Sie zögerte kaum merklich.

»Ja.«

»Wer hat den großen Koffer zum Taxi geschafft?«

»Der Taxifahrer.«

»Sie wissen nicht, zu welcher Firma das Auto gehörte?«

»Wie sollte ich das wissen?«

»Welche Farbe hatte es?«

»Rötlich braun, und auf der Wagentür war ein Wappen.«

»Können Sie sich erinnern, wie der Fahrer aussah?«

»Nicht mehr sehr gut. Ich glaube, er war klein und ziemlich dick.«

»Was hatte Ihre Schwiegertochter an?«

»Sie trug ein malvenfarbenes Kleid.«

»Keinen Mantel?«

»Sie hatte ihn über den Arm gelegt.«

»Ihr Sohn befand sich immer noch in seinem Arbeitszimmer?«

»Ja.«

»Was ist dann passiert? Sind Sie hinuntergegangen?«

»Nein.«

»Sie sind nicht zu Ihrem Sohn gegangen?«

»Nein, er ist heraufgekommen.«

»Sofort danach?«

»Kurz nachdem das Taxi abgefahren war.«

»Ist ihm das Ganze nahegegangen?«

»Er war in dem Zustand, in dem Sie ihn gesehen haben. Er hat einen ziemlich unausgeglichenen Charakter. Ich habe Ihnen schon erklärt, daß er in Wirklichkeit sehr sensibel ist und daß die geringsten Vorkommnisse ihn in Rage bringen.«

»Wußte er, daß seine Frau nicht zurückkommen würde?«

»Er ahnte es.«

»Hatte sie es ihm gesagt?«

»Nicht direkt. Sie hatte es wohl angedeutet. Sie sprach davon, sie müsse auf andere Gedanken kommen, ihre Heimat wiedersehen. Wenn sie erst einmal dort war, verstehen Sie . . .«

»Was haben Sie anschließend gemacht?«

»Ich habe mir die Haare für die Nacht hergerichtet.«

»War Ihr Sohn noch in Ihrem Schlafzimmer?«

»Ja.«

»Er hat das Haus nicht verlassen?«

»Nein. Warum?«

»Wo stellt er seinen Wagen unter?«

»Ungefähr hundert Meter von unserem Haus entfernt. Ehemalige Pferdeställe sind dort zu Privatgaragen umgebaut worden. Guillaume hat eine davon gemietet.«

»Er kann also sein Auto herausholen und zurückbringen, ohne gesehen zu werden?«

»Warum sollte er sich verbergen?«

»Ist er wieder nach unten gegangen?«

»Ich weiß es nicht. Ich glaube, ja. Ich gehe früh schlafen, und er liest gewöhnlich bis elf Uhr oder Mitternacht.«

»In seinem Arbeitszimmer?«

»Oder in seinem Schlafzimmer.«

»Liegt sein Schlafzimmer in der Nähe von Ihrem?«

»Direkt neben meinem. Unsere Zimmer werden durch ein Bad getrennt.«

»Sie haben gehört, wie er zu Bett gegangen ist?«

»Sicher.«

»Wie spät war es?«

»Ich habe kein Licht gemacht.«

»Später haben Sie kein Geräusch gehört?«

»Nein, keins.«

»Ich nehme an, daß Sie morgens als erste nach unten gehen?«

»Im Sommer gehe ich um halb sieben runter.«

»Sie sind dann durch alle Zimmer gegangen?«

»Zuerst habe ich in der Küche Wasser zum Kochen aufgestellt und dann die Fenster aufgemacht, denn um diese Zeit ist die Luft noch frisch.«

»Sie haben also auch das Arbeitszimmer betreten?«

»Wahrscheinlich.«

»Wissen Sie es nicht mehr genau?«

»Doch, ja, ich bin ziemlich sicher.«

»Die zerbrochene Fensterscheibe war schon ersetzt?«

»Ich glaube . . . ja . . .«

»Sie haben im Zimmer keine Unordnung bemerkt?«

»Keine, bis auf die üblichen Zigarrenstummel in den Aschenbechern und vielleicht ein oder zwei herumliegende Bücher. Ich weiß nicht, was hier vorgeht, Monsieur Maigret! Wie Sie sehen, beantworte ich frank und frei Ihre Fragen. Ich bin Ihnen sogar zuvorgekommen.«

»Weil Sie innerlich unruhig sind?«

»Nein, weil ich mich über die Art und Weise schäme, wie Guillaume Sie empfangen hat, und auch, weil ich irgend etwas Geheimnisvolles hinter Ihrem Besuch ahne. Die Frauen sind nicht wie die Männer. Als mein Mann noch lebte, zum Beispiel, wenn da nachts im Haus ein Geräusch zu hören war, bewegte er sich nicht aus seinem Bett, und ich war es, die nachsehen ging. Verstehen Sie mich? Mit Ihrer Frau ist es wahrscheinlich genauso. So gesehen bin ich ungefähr aus dem gleichen Grunde hier. Sie haben von einem Einbruch gesprochen. Sie scheinen sich über Maria Gedanken zu machen . . .«

»Sie haben inzwischen noch keine Nachricht von ihr bekommen?«

»Ich rechne nicht mehr damit, von ihr zu hören. Sie verheimlichen mir gewisse Dinge. Das beunruhigt mich. Wie bei den nächtlichen Geräuschen behaupte ich, daß gar nichts Mysteriöses dahintersteckt, daß es genügt, den Dingen auf den Grund zu gehen, damit sie sich als ganz simpel herausstellen.«

Sie sah ihn selbstsicher an, und Maigret hatte ein wenig den Eindruck, als betrachte sie ihn als Kind, als zweiten Guillaume. Sie schien zu sagen:

»Schütten Sie mir Ihr Herz aus. Haben Sie keine Angst. Sie werden sehen, alles ist erklärbar.«

Auch er sah ihr voll ins Gesicht.

»In jener Nacht ist ein Mann in Ihr Haus eingedrungen.«

Die Augen der alten Dame spiegelten Ungläubigkeit wider, vermischt mit ein wenig Mitleid, so als hätte er erklärt, er glaube noch an den bösen Wolf.

»Was hat er denn gewollt?«

»Den Geldschrank aufbrechen.«

»Hat er es getan?«

»Er ist ins Haus gelangt, indem er eine Fensterscheibe herausschnitt, um das Fenster zu öffnen.«

»Die Scheibe, die beim Gewitter schon zerbrochen war? Sicher hat er sie hinterher wieder eingesetzt?«

Sie weigerte sich noch immer, ernstzunehmen, was er sagte.

»Was hat er mitgenommen?«

»Er hat nichts mitgenommen, weil in einem bestimmten Augenblick das Licht seiner Taschenlampe auf einen Gegenstand fiel, den er in diesem Zimmer nicht erwartet hatte.«

Sie lächelte.

»Was für ein Gegenstand denn?«

»Die Leiche einer Frau reiferen Alters, die ganz gut die Ihrer Schwiegertochter hätte sein können.«

»Hat er Ihnen das erzählt?«

Er betrachtete ihre weißbehandschuhten Hände, aber sie zitterten nicht.

»Warum ersuchen Sie diesen Mann nicht, herzukommen und seine Beschuldigungen in meiner Gegenwart zu wiederholen?«

»Er ist nicht in Paris.«

»Können Sie ihn nicht herkommen lassen?«

Maigret zog es vor, nicht zu antworten. Er war nicht gerade zufrieden mit sich. Er begann sich zu fragen, ob nicht auch er dem Einfluß dieser Frau verfiel, die die schützende Gelassenheit einer Äbtissin ausstrahlte.

Sie stand nicht auf, wurde nicht unruhig und empörte sich auch nicht.

»Ich weiß nicht, um was es geht, und ich frage Sie auch nicht danach. Bestimmt haben Sie gute Gründe, diesem Mann zu glauben. Er ist Einbrecher, nicht wahr? Ich selbst bin nur eine alte Frau von sechsundsiebzig Jahren, die nie jemandem etwas Böses getan hat.

Erlauben Sie mir, wo ich das nun alles erfahren habe, Sie inständig zu bitten, zu uns zu kommen. Ich werde für Sie alle Türen aufmachen, werde Ihnen alles zeigen, was Sie sehen wollen. Und auch mein Sohn wird, sobald er erfahren hat, was passiert ist, Ihnen bereitwillig Rede und Antwort stehen. Wann werden Sie kommen, Monsieur Maigret?«

Diesmal war sie aufgestanden. Sie gab sich noch immer ungezwungen und wurde kein bißchen aggressiv, wenn ihr auch etwas Bitterkeit anzumerken war.

»Vielleicht heute nachmittag. Ich kann es noch nicht

sagen. Hat Ihr Sohn in den letzten Tagen sein Auto benutzt?«

»Das müssen Sie ihn bitte selber fragen.«

»Ist er in diesem Augenblick zu Hause?«

»Vermutlich ja. Er war da, als ich wegging.«

»Eugénie auch?«

»Die ist bestimmt da.«

»Ich danke Ihnen.«

Er begleitete sie zur Tür. Kurz bevor sie sie erreichten, drehte sich Madame Serre um.

»Ich möchte Sie um eine Gefälligkeit bitten«, sagte sie in freundlichem Ton. »Wenn ich gegangen bin, dann versuchen Sie bitte für einen Augenblick, sich in meine Lage zu versetzen, und vergessen Sie einmal, daß Sie sich Ihr Leben lang mit Verbrechen beschäftigt haben. Stellen Sie sich vor, daß Sie selbst es sind, dem man plötzlich die Fragen stellt, die Sie mir gestellt haben, daß Sie in Verdacht geraten sind, jemanden kaltblütig umgebracht zu haben.«

Das war alles. Sie fügte nur noch hinzu: »Bis heute nachmittag, Monsieur Maigret!«

Als sich die Tür geschlossen hatte, blieb er eine ganze Weile reglos vor dem Türrahmen stehen. Dann ging er zum Fenster und blickte hinaus und sah gerade noch die alte Dame im gleißenden Sonnenlicht in Richtung auf den Pont Saint-Michel davontrippeln.

Er nahm den Telefonhörer ab.

»Geben Sie mir das Polizeirevier in Neuilly!«

Er ließ sich nicht mit dem Kommissar verbinden, sondern mit einem Inspektor, den er kannte.

»Vanneau? Maigret hier. Danke, mir geht's gut. Hör

mal zu. Es geht da um eine heikle Angelegenheit. Du springst jetzt eilends in einen Wagen und fährst in die Rue de la Ferme 43a.«

»Zu dem Zahnarzt? Janvier war gestern abend hier und hat mir davon erzählt. Es handelt sich um eine Holländerin, nicht wahr?«

»Das ist jetzt egal. Die Sache eilt. Mit dem Kerl ist nicht gut Kirschen essen, und ich will im Augenblick noch keinen Haftbefehl beantragen. Es ist nötig, schnell zu handeln, bevor seine Mutter zurückkommt.«

»Ist sie noch weit weg?«

»Am Pont Saint-Michel. Ich vermute, daß sie sich ein Taxi nimmt.«

»Was mache ich mit dem Mann?«

»Du nimmst ihn unter irgendeinem Vorwand mit. Erzähl ihm, was du willst, daß du ihn als Zeugen für eine Aussage brauchst...«

»Und dann?«

»Ich komme selbst rüber. Ich brauche nur noch runterzugehen und mich in ein Auto zu werfen.«

»Und wenn der Zahnarzt nicht zu Hause ist?«

»Dann paßt du ihn draußen ab und greifst ihn dir, bevor er das Haus betritt.«

»Nicht gerade gesetzlich, was?«

»Überhaupt nicht.«

Als Vanneau einhängen wollte, fügte Maigret hinzu:

»Nimm jemanden mit und postier ihn gegenüber den alten Ställen, die jetzt Garagen sind. Sie liegen in derselben Straße, und der Zahnarzt hat eine von ihnen gemietet.«

»Verstanden.«

Eine Sekunde später eilte Maigret die Treppe hinunter und nahm in einem der Polizeiautos Platz, die im Hof parkten. Als der Wagen zum Pont-Neuf abbog, hatte er den Eindruck, Ernestines grünen Hut zu sehen. Er war sich indessen nicht sicher und wollte lieber keine Zeit verlieren. Insgeheim konnte er sich sogar eines Gefühls des Grolls gegen die Bohnenstange nicht erwehren.

Als der Pont-Neuf hinter ihm lag, tat es ihm leid, aber es war zu spät.

Es war für sie nicht mehr zu ändern. Sie würde aber bestimmt auf ihn warten.

## 4

## *Es stellt sich heraus, daß kein Verhör dem anderen gleicht, und Eugénies Ansichten hindern sie nicht daran, eine kategorische Erklärung abzugeben*

Das Polizeirevier lag im Erdgeschoß des Rathauses, einem häßlichen quadratischen Gebäude, das von einem mit dürren Bäumen bestandenem Wall umgeben war und dessen Trikolore schlaff herabhing. Maigret hätte von außen her direkt die Büros der Inspektoren betreten können. Um aber zu vermeiden, sofort Guillaume Serre Auge in Auge gegenüberzustehen, machte er Umwege durch die zugigen Korridore, wo er sich prompt verlief.

Auch hier herrschte sommerliche Flaute. Türen und Fenster standen offen, Papiere flatterten auf den Schreibtischen der leeren Räume herum, während in anderen Zimmern Beamte in Hemdsärmeln einander von ihren Ferienerlebnissen berichteten und einige wenige Steuerzahler entmutigt auf der Suche nach einem Stempel oder einer Unterschrift herumirrten.

Maigret stieß endlich auf einen Polizisten, der ihn erkannte.

»Wo geht's hier zu Inspektor Vanneau?«

»Zweiter Flur links und dann die dritte Tür.«

»Würden Sie ihn bitte herholen? Er muß jemanden bei sich im Büro haben. Nennen Sie aber meinen Namen nicht laut!«

Vanneau kam einige Augenblicke später zu ihm heraus.

»Ist er da?«

»Ja.«

»Wie ist es denn abgelaufen?«

»Na, so einigermaßen. Ich hatte vor dem Weggehen noch daran gedacht, eine Vorladung einzustecken. Eine Hausgehilfin machte mir auf. Ich habe gesagt, ich wolle den Hausherrn sprechen. Man hat mich einige Minuten im Flur warten lassen, dann ist der Kerl die Treppe heruntergekommen, und ich habe ihm das Papier gezeigt. Er hat es gelesen und mich stumm angestarrt.

›Wenn Sie mitkommen wollen, ich habe einen Wagen vor der Tür stehen!‹

Er hat die Achseln gezuckt, hat einen Panamahut vom Garderobenständer genommen und aufgesetzt und ist mir gefolgt. Jetzt sitzt er bei mir drin auf einem Stuhl. Bisher hat er die Zähne noch nicht auseinanderbekommen.«

Einige Sekunden später betrat Maigret Vanneaus Büro, in dem Serre saß und eine tiefschwarze Zigarre rauchte. Der Kommissar nahm auf dem Stuhl des Inspektors Platz.

»Ich bitte um Verzeihung, Sie gestört zu haben, Monsieur Serre, aber ich möchte gern, daß Sie ein paar Fragen beantworten.«

Wie am Tag zuvor sah ihn der riesige Zahnarzt mit

müdem Blick an. Aus seinen düsteren Augen sprach kein Fünkchen Sympathie. Maigret wußte plötzlich, woran der Mann ihn denken ließ, an einen Türken, wie man ihn früher in Bilderbüchern zeigte. Er hatte den passenden Bauch, das gleiche Körpergewicht und vermutlich auch die gleiche Kraft. Denn trotz seiner Fettleibigkeit erweckte er den Eindruck beträchtlicher Stärke. Er hatte auch die hochmütige Ruhe der Paschas, die die Zigarettenpäckchen zieren.

Anstatt ein Zeichen des Einverständnisses zu geben oder eine Höflichkeitsfloskel zu äußern, geschweige denn zu protestieren, zog Serre ein gelbliches Formular aus der Tasche und warf einen Blick darauf.

»Ich bin vom Polizeikommissar in Neuilly herbestellt worden«, sagte er. »Ich erwarte Aufklärung darüber, was dieser Kommissar von mir will!«

»Sie weigern sich also, mir zu antworten?«

»Ganz entschieden!«

Maigret zögerte. Er hatte alle möglichen Menschen kennengelernt: Bärenstarke, Verstockte, Starrsinnige, Durchtriebene. Aber noch nie hatte ihm jemand mit so ruhiger Energie geantwortet.

»Ich vermute, daß es keinen Zweck hat, darauf zu bestehen?«

»Da bin ich Ihrer Meinung.«

»Oder zu versuchen, Ihnen zu beweisen, daß Ihre Einstellung nicht zu Ihren Gunsten spricht?«

Diesmal begnügte sich sein Gegenüber mit einem Seufzer.

»Also schön. Warten Sie. Der Polizeikommissar wird Sie gleich empfangen.«

Maigret suchte den Kommissar auf, der nicht gleich verstand, was von ihm erwartet wurde und sich nur widerwillig zur Verfügung stellte. Sein Büro war komfortabler, fast luxuriös im Vergleich zu den anderen Räumlichkeiten. Auf dem Kaminsims stand sogar eine Pendeluhr aus Marmor.

»Lassen Sie Monsieur Serre eintreten!« wies er den diensthabenden Beamten an.

Er machte eine einladende Handbewegung in Richtung eines Sessels mit rotem Samtbezug.

»Nehmen Sie Platz, Monsieur Serre. Es handelt sich nur um eine Überprüfung. Ich werde Ihre Zeit nicht über Gebühr in Anspruch nehmen.«

Der Polizeikommissar überflog ein Schriftstück, das ihm gebracht worden war.

»Sie sind doch der Eigentümer eines Wagens mit der polizeilichen Kennummer RS 88 22 L?«

Der Zahnarzt nickte zustimmend. Maigret hatte sich auf die Fensterbank gesetzt und musterte ihn mit sehr nachdenklicher Miene.

»Dieser Wagen ist nach wie vor in Ihrem Besitz?«

Wiederum ein Kopfnicken.

»Wann haben Sie ihn das letzte Mal benutzt?«

»Ich nehme an, ich habe das Recht zu erfahren, wieso man mir diese Fragen stellt?«

Der Polizeikommissar rückte auf seinem Stuhl hin und her. Er war überhaupt nicht von der Aufgabe begeistert, mit der Maigret ihn da betraut hatte.

»Nehmen wir mal an, Ihr Auto habe einen Unfall verursacht ...«

»Ist das denn geschehen?«

»Nehmen wir an, seine Nummer sei uns gemeldet worden als die eines Wagens, der jemanden angefahren hat.«

»Wann?«

Der Beamte warf Maigret einen vorwurfsvollen Blick zu.

»Am Dienstagabend.«

»Wo?«

»In der Nähe der Seine.«

»Mein Wagen hat Dienstagabend die Garage nicht verlassen.«

»Jemand kann ihn ohne Ihr Wissen benutzt haben.«

»Das glaube ich nicht. Die Garage ist abgeschlossen.«

»Sie versichern also, Sie hätten Ihr Auto am Dienstagabend nicht benutzt, auch nicht später während der Nacht?«

»Wo sind die Unfallzeugen?«

Neuer verzweifelter Blick des Kommissars zu Maigret. Dieser merkte, daß die Vernehmung fruchtlos war und bedeutete ihm, es gut sein zu lassen.

»Ich habe Ihnen keine weiteren Fragen zu stellen, Monsieur Serre. Ich danke Ihnen!«

Der Zahnarzt erhob sich. Einen Augenblick lang schien es, als fülle er das Büro mit seiner Körpermasse. Er setzte sich den Panama auf und verließ das Zimmer, nicht ohne Maigret einen langen Blick zugeworfen zu haben.

»Ich habe getan, was ich konnte. Sie haben es ja gesehen.«

»Ich habe es gesehen.«

»Hat sich dadurch ein Hinweis ergeben?«

»Vielleicht.«

»Dieser Mann könnte uns Schwierigkeiten machen. Er kennt seine Rechte.«

»Ich weiß.«

Es hatte den Anschein, als imitiere Maigret wider seinen Willen den Zahnarzt. Er hatte dieselbe düstere und unnahbare Miene aufgesetzt. Auch er ging zur Tür.

»Was wird ihm denn zur Last gelegt, Maigret?«

»Ich weiß es noch nicht. Möglicherweise hat er seine Frau umgebracht.«

Er bedankte sich noch bei Vanneau und stand dann wieder auf der Straße, wo ihn der Polizeiwagen erwartete. Ehe er einstieg, trank er ein Glas an der Bar an der Ecke, und als er in den Spiegel sah, fragte er sich, wie ihm wohl ein Panama stehen würde. Und ein seltsames Lächeln kam ihm bei dem Gedanken, daß sich da so etwas wie ein Schwergewichtskampf anbahnte.

Dem Fahrer sagte er:

»Fahren Sie durch die Rue de la Ferme.«

Unweit der Nummer 43a sahen sie Serre, der mit großen, etwas schlappen Schritten den Bürgersteig entlangschritt. Wie manche Dicke ging er breitbeinig. Er rauchte noch immer seine lange Zigarre. Als er an der Garage vorbeikam, hatte ihm der Inspektor auffallen müssen, der dort Posten bezogen und keine Möglichkeit hatte, sich irgendwie zu verstecken.

Maigret war sich unschlüssig, ob er das Auto vor

dem Haus mit dem schwarzen Gitter halten lassen sollte. Wozu? Man würde ihn ja sicher doch nicht hereinlassen.

Ernestine wartete am Quai des Orfèvres im »Glaskasten« auf ihn. Er führte sie in sein Büro.

»Wissen Sie etwas Neues?« fragte sie sofort.

»Überhaupt nichts.«

Er hatte schlechte Laune. Sie konnte nicht ahnen, daß er es nicht unangenehm fand, bei einem schwierigen Fall anfangs schlechtgelaunt zu sein.

»Ich schon. Ich habe heute morgen eine Karte bekommen. Ich habe sie Ihnen mitgebracht.«

Sie reichte ihm eine bunte Ansichtskarte mit dem Rathaus von Le Havre darauf. Sie enthielt weder Text noch Unterschrift, sondern nur den Namen der Bohnenstange und den Vermerk »Postlagernd«.

»Von Alfred?«

»Es ist seine Schrift.«

»Er ist demnach nicht nach Belgien gefahren?«

»Anzunehmen. Er hat wohl Bammel vor der Kontrolle an der Grenze gehabt.«

»Glauben Sie, daß er versucht, an Bord eines Schiffes zu kommen?«

»Ich glaube nicht. Er hat noch nie ein Schiff betreten. Ich möchte Sie jetzt etwas fragen, Monsieur Maigret, aber Sie müssen mir ehrlich antworten. Angenommen, er kommt nach Paris zurück, was dann?«

»Sie wollen wissen, ob er verhaftet wird?«

»Ja.«

»Wegen versuchten Einbruchs?«

»Ja.«

»Man kann ihn gar nicht verhaften, weil er nicht auf frischer Tat ertappt worden ist und weil andererseits Guillaume Serre keine Anzeige erstattet hat, ja sogar bestreitet, daß bei ihm jemand eingestiegen ist.«

»Er würde also in Ruhe gelassen?«

»Vorausgesetzt, daß er nicht gelogen hat und daß die Dinge sich nicht ganz anders abgespielt haben.«

»Kann ich ihm das versprechen?«

»Ja.«

»Dann werde ich eine Anzeige in der Zeitung aufgeben. Er liest jeden Tag die gleiche Zeitung, wegen des Kreuzworträtsels.«

Sie beobachtete ihn einen Augenblick lang.

»Man sollte meinen, Sie hätten kein Vertrauen.«

»Vertrauen in was?«

»In die ganze Angelegenheit. In sich selbst. Ich weiß es nicht. Haben Sie den Zahnarzt noch einmal gesehen?«

»Vor einer halben Stunde.«

»Was hat er gesagt?«

»Nichts.«

Auch sie drängte ihn nicht weiter und benutzte den Augenblick, als gerade das Telefon klingelte, um sich zu verabschieden.

»Was ist los?« knurrte Maigret in den Apparat hinein.

»Ich bin's, Chef. Kann ich zu Ihnen kommen?«

Ein paar Sekunden später betrat Janvier das Büro, quicklebendig und sichtlich mit sich selbst zufrieden.

»Ich habe haufenweise gute Tips. Ich erzähl sie Ihnen gleich. Haben Sie einen Moment Zeit?«

Sein Ungestüm wurde etwas gebremst durch Maigrets Verhalten, der sich erst den Rock auszog und dann seine Krawatte lockerte, um sich Luft zu verschaffen.

»Ich bin zuerst zu dieser Familienpension gefahren, von der ich Ihnen erzählt habe. Sie gleicht diesen Hotels auf dem linken Seineufer mit den Zimmerpalmen in der Eingangshalle und alten Damen, die in Korbsesseln sitzen. Gäste, die jünger waren als fünfzig, habe ich kaum gesehen. Vor allem Ausländerinnen – Engländerinnen, Schweizerinnen und Amerikanerinnen –, die in die Museen gehen und endlos lange Briefe schreiben.«

»Und dann?«

Maigret kannte sich in diesem Genre aus. Es lohnte sich nicht, sich damit aufzuhalten.

»Maria van Aerts hat dort ein Jahr lang gewohnt. Man hat sie nicht vergessen, denn sie war in der Pension beliebt. Es scheint, daß sie eine sehr lustige Person war, immerzu lachte, wobei ihr Riesenbusen schwabbelte. Sie stopfte sich mit Kuchen voll und ließ keinen Vortrag in der Sorbonne aus.«

»Ist das alles?« warf Maigret mit einer Miene ein, die ausdrückte, er verstehe nicht, warum Janvier so aufgeregt tat.

»Sie schrieb fast täglich acht bis zehn Seiten lange Briefe.«

Der Kommissar zuckte mit den Schultern und sah dann den Inspektor mit interessierterem Blick an. Jetzt verstand er.

»Immer an dieselbe Empfängerin, eine Pensionatsfreundin, die in Amsterdam lebt. Ihren Namen habe ich. Diese Freundin hat sie einmal hier besucht. Sie haben drei Wochen lang im selben Zimmer gewohnt. Ich vermute, daß Maria Serre ihr nach ihrer Hochzeit weiter geschrieben hat. Die Freundin heißt Gertrude Oostings. Sie ist mit einem Brauereibesitzer verheiratet. Ihre Adresse muß leicht festzustellen sein.«

»Ruf in Amsterdam an!«

»Wollen Sie die Briefe haben?«

»Die letzten, wenn möglich.«

»Das habe ich schon angenommen. Brüssel hat noch immer keine Nachricht vom Traurigen Alfred.«

»Er ist in Le Havre.«

»Soll ich in Le Havre anrufen?«

»Das mach ich selber. Wer hat Zeit nebenan?«

»Torrence ist heute morgen zurückgekommen.«

»Schick ihn mir rüber!«

Er war ebenfalls ein Schwergewichtler, der nicht durch eine menschenleere Straße gehen konnte, ohne aufzufallen.

»Du machst dich jetzt auf die Socken und pflanzt dich in Neuilly in der Rue de la Ferme gegenüber der Hausnummer 43a auf. Das ist ein Haus mit einem Vorgarten und einem Gitter. Du brauchst dich nicht zu verstecken, im Gegenteil. Wenn du jemand herauskommen siehst, der noch größer und breiter ist als du, dann folg ihm möglichst auffällig.«

»Ist das alles?«

»Richte es ein, daß du während der Nacht Ablösung bekommst. Ein Mann vom Revier in Neuilly hält weiter die Straße abwärts die Garage im Auge.«

»Wenn der Kerl nun mit dem Auto abhaut?«

»Nimm einen von unseren Wagen und stell ihn am Straßenrand ab.«

Er brachte nicht den Mut auf, zum Mittagessen nach Hause zu fahren. Es war noch heißer als tags zuvor. Ein Gewitter lag in der Luft. Die meisten Männer flanierten mit dem Jackett unterm Arm, und ein paar Straßenjungen badeten in der Seine.

Er aß einen Happen in der Brasserie Dauphine, nachdem er, gewissermaßen zur Herausforderung, zwei Pernod getrunken hatte. Dann stieg er hinauf zu Moers vom Erkennungsdienst, der unter dem glutheißen Dach des Justizpalastes residierte.

»Sagen wir also heute abend gegen elf. Bring das nötige Material mit und einen deiner Beamten.«

Er hatte die Polizei in Le Havre benachrichtigt. War der Traurige Alfred trotz allem auf der Gare du Nord in einen Zug gestiegen, nach Lille beispielsweise, oder hatte er sich sofort nach seinem Telefongespräch mit Ernestine in Windeseile zur Gare Saint-Lazare begeben?

Er mußte sich in einem armseligen möblierten Zimmer vergraben haben oder von Bistro zu Bistro irren und jedesmal ein Viertel Vichywasser trinken, wenn er nicht schon dabei war, zu versuchen, sich auf ein Schiff zu schmuggeln. Ob es in Le Havre ebenso heiß war wie in Paris?

Das Taxi, das angeblich Maria Serre und ihr Gepäck befördert hatte, war noch immer nicht ausfindig gemacht worden. Die Bahnbeamten in der Gare du Nord konnten sich nicht an sie erinnern.

Als Maigret gegen drei Uhr die Zeitung aufschlug, las er Ernestines Anzeige:

*Für Alfred. Komm nach Paris zurück.*
*Keine Gefahr. Alles in Ordnung. Tine*

Es war halb fünf, als er in seinem Sessel wieder zu sich kam, die Zeitung auf den Knien. Er hatte die Seite nicht umgeblättert. Er hatte geschlafen und davon einen Frosch im Hals und ein steifes Kreuz bekommen.

Kein einziger Wagen der Kriminalpolizei stand im Hof, und er mußte bis zum Ende des Quais gehen, um ein Taxi zu bekommen.

»Rue de la Ferme in Neuilly. Ich sage Ihnen, wo Sie halten sollen.«

Fast wäre er erneut eingenickt. Es war fünf Minuten vor fünf geworden, als er das Auto gegenüber dem schon vertrauten Bistro halten ließ. Niemand saß auf der Terrasse. Ein Stück entfernt war die Silhouette des dicken Torrence zu erkennen, der auf der Schattenseite auf und ab ging. Er bezahlte den Chauffeur und setzte sich mit einem Seufzer der Erleichterung.

»Was darf ich Ihnen bringen, Monsieur Maigret?«

Bier natürlich! Er hatte solchen Durst, daß er fünf oder sechs Halbe hintereinander hätte hinunterstürzen können.

»Ist er nicht wieder mal hiergewesen?«

»Wer? Der Zahnarzt? Nein. Ich habe heute morgen seine Mutter gesehen. Sie war auf dem Weg zum Boulevard Richard-Wallace.«

Das Gittertor quietschte. Eine kleine, nervöse Frau setzte sich auf dem gegenüberliegenden Bürgersteig in Marsch. Maigret zahlte und holte sie ein, als sie gerade am Rand des Bois de Boulogne anlangte.

»Madame Eugénie?«

»Was wollen Sie von mir?«

Freundlichkeit wurde in dem Haus in Neuilly nicht gerade großgeschrieben.

»Einen Augenblick mit Ihnen plaudern.«

»Ich habe keine Zeit zum Plaudern. Ich muß daheim meinen Haushalt versorgen.«

»Ich bin von der Polizei.«

»Das ändert nichts daran.«

»Ich muß Ihnen ein paar Fragen stellen.«

»Bin ich verpflichtet, sie zu beantworten?«

»Es wäre bestimmt besser.«

»Ich mag die Polizei nicht.«

»Das ist Ihr gutes Recht. Mögen Sie Ihre Herrschaft?«

»Wanzen sind das!«

»Die alte Madame Serre auch?«

»Die ist eine Giftkröte!«

Sie blieben an einer Autobushaltestelle stehen. Maigret hob die Hand, als ein leeres Taxi vorbeikam.

»Ich bringe Sie nach Hause.«

»Es gefällt mir ja nicht sehr, mit einem von der Polizei gesehen zu werden, aber so spare ich Zeit.«

Sie stieg würdevoll in den Wagen.

»Was haben Sie gegen die Serres?«

»Und Sie? Warum stecken Sie Ihre Nase in deren Angelegenheiten?«

»Die junge Madame Serre ist abgereist?«

»Die junge?« fragte sie ironisch.

»Sagen wir: die Schwiegertochter.«

»Die ist abgefahren, ja. Ab mit Schaden!«

»War die auch eine Giftkröte?«

»Nein.«

»Sie mochten sie nicht?«

»Sie stöberte immer in der Speisekammer herum, und zur Essenszeit fand ich nicht mal die Hälfte von dem wieder, was ich vorbereitet hatte.«

»Wann ist sie abgereist?«

»Dienstag.«

Sie fuhren über die Brücke von Puteaux. Eugénie klopfte an die Scheibe, die sie vom Fahrer trennte.

»Wir sind da«, sagte sie. »Brauchen Sie mich noch?«

»Kann ich einen Augenblick mit zu Ihnen kommen?«

Sie befanden sich auf einem belebten Platz. Die Reinmachefrau steuerte auf einen Hausflur rechts neben einem Laden zu und stieg eine Treppe hinauf, die nach Spülwasser roch.

»Wenn Sie denen bloß sagen könnten, sie sollten meinen Sohn zufriedenlassen.«

»Wem soll ich das sagen?«

»Den anderen von der Polizei. Denen hier bei uns. Sie hören einfach nicht auf, ihm Schwierigkeiten zu machen.«

»Was macht er denn?«

»Er arbeitet.«

»Was?«

»Woher soll ich das wissen? Sie sind selbst schuld, wenn Sie in eine unaufgeräumte Wohnung kommen. Ich kann nicht den ganzen Tag bei anderen Leuten reinmachen und bei mir alles proper haben!«

Sie öffnete das Fenster, denn es roch ziemlich muffig. Aber es herrschte keine Unordnung, und abgesehen von einem Bett in einer Ecke war das Wohn- und Eßzimmer fast behaglich.

»Worum geht es denn nun eigentlich?« fragte sie, während sie ihren Hut absetzte.

»Maria Serre ist nicht mehr aufzufinden.«

»Das ist doch klar. Schließlich ist sie in Holland.«

»Auch in Holland ist sie unauffindbar.«

»Warum muß man sie denn unbedingt wiederfinden?«

»Weil Gründe zu der Annahme bestehen, daß sie ermordet worden ist.«

Ein kleiner Funke blitzte in Eugénies braunen Augen auf.

»Warum verhaften Sie die Serres denn nicht?«

»Wir haben noch keine Beweise.«

»Sie rechnen damit, daß ich sie Ihnen liefere?«

Sie setzte einen Topf mit Wasser auf den Gasherd und trat dann wieder zu Maigret.

»Was ist am Dienstag geschehen?«

»Sie hat den ganzen Tag ihre Koffer gepackt.«

»Einen Augenblick. Sie ist zweieinhalb Jahre verheiratet gewesen, nicht wahr? Ich nehme an, daß sie eine ganze Menge persönlicher Dinge besaß?«

»Sie hatte mindestens dreißig Kleider und ebenso viele Schuhe.«

»War sie eitel?«

»Sie warf nichts fort. Manche Kleider waren schon zehn Jahre alt. Sie trug sie nicht mehr, aber sie hätte sie nicht für alles Gold der Welt weggegeben.«

»Geizig?«

»Sind nicht alle reichen Leute geizig?«

»Mir ist gesagt worden, sie hätte nur einen großen und zwei kleine Koffer mitgenommen.«

»Das stimmt. Die übrigen Sachen waren in der Woche davor weggeschickt worden.«

»Sie wollen sagen, daß sie weitere Koffer aufgegeben hat?«

»Koffer, Kisten und Kartons, ja. Eine Speditionsfirma hat das alles am letzten Donnerstag oder Freitag mit einem Lastwagen abgeholt.«

»Haben Sie auf die Beschriftung geachtet?«

»Die genaue Adresse weiß ich nicht mehr, aber die Sachen gingen nach Amsterdam.«

»Wußte Monsieur Serre das?«

»Natürlich.«

»Also war die Abreise schon vor längerer Zeit beschlossen worden?«

»Nach ihrem letzten Anfall. Bei jedem Anfall sprach sie davon, daß sie in ihre Heimat zurückkehren wolle.«

»Was für Anfälle waren das?«

»Herzanfälle, behauptete sie immer.«

»War sie denn herzkrank?«

»Es scheint so.«

»Kam ein Arzt ins Haus?«

»Ja, Dr. Dubuc.«

»Und sie nahm Medikamente ein?«

»Bei jeder Mahlzeit. Alle nahmen welche. Die beiden anderen tun es noch, und jeder hat sein Fläschchen mit Pillen oder Tropfen vor seinem Gedeck stehen.«

»Ist Guillaume Serre krank?«

»Ich weiß es nicht.«

»Seine Mutter?«

»Reiche Leute sind alle krank.«

»Verstanden sie sich gut?«

»Manchmal haben sie eine ganze Woche lang kein Wort miteinander gesprochen.«

»Maria Serre schrieb wohl viel?«

»Fast von morgens bis abends.«

»Haben Sie manchmal ihre Briefe in den Kasten gesteckt?«

»Ja, oft. Sie waren immer an dieselbe Person gerichtet, eine Frau mit einem komischen Namen, die in Amsterdam wohnt.«

»Sind die Serres reich?«

»Ich glaube, ja.«

»Und Maria?«

»Die sicher auch, sonst hätte er sie nicht geheiratet.«

»Waren Sie schon bei den Serres in Stellung, als die beiden heirateten?«

»Nein.«

»Wissen Sie, wer damals im Haus gearbeitet hat?«

»Sie wechseln ständig ihre Hilfe. Für mich ist das jetzt die letzte Woche. Wenn man das Haus erst richtig kennt, geht man lieber wieder.«

»Warum?«

»Glauben Sie, daß es angenehm ist, mit anzusehen, daß einem die Zuckerstücke in der Dose vorgezählt werden oder daß man einen halbverfaulten Apfel zum Nachtisch hingestellt bekommt?«

»Tut die alte Madame Serre das?«

»Ja. Unter dem Vorwand, sie arbeite in ihrem Alter den ganzen Tag lang, was ihre Sache ist, springt sie einem ins Genick, wenn man das Pech hat, sich mal eine Minute hinzusetzen.«

»Schimpft sie mit Ihnen?«

»Sie hat noch nie mit mir geschimpft. Das hätte ich mal erleben sollen! Es ist viel schlimmer. Sie ist überfreundlich, sieht einen verzweifelt an, als sei man für sie eine einzige Enttäuschung.«

»Ist Ihnen nichts aufgefallen, als Sie am Mittwochmorgen ihren Dienst begannen?«

»Nein.«

»Sie haben nicht bemerkt, daß während der Nacht eine Fensterscheibe entzweigegangen oder daß der Kitt an einer der Scheiben noch frisch war?«

Sie schüttelte den Kopf.

»Sie irren sich im Datum.«

»An welchem Tag ist es denn passiert?«

»Zwei oder drei Tage davor, als das schwere Gewitter war.«

»Sind Sie sich da ganz sicher?«

»Ganz bestimmt. Ich habe ja noch den Fußboden im Arbeitszimmer bohnern müssen, weil es hereingeregnet hatte.«

»Wer hat die Scheibe eingesetzt?«

»Monsieur Guillaume.«

»Hat er sie selbst gekauft?«

»Ja. Er hat sich auch den Kitt mitgebracht. Das war so gegen zehn Uhr vormittags. Wahrscheinlich ist er zu dem Eisenwarengeschäft in der Rue de Longchamp gegangen. Sie lassen keinen Handwerker kommen, wenn sie es vermeiden können. Monsieur Guillaume repariert sogar die Klosetts, wenn sie mal verstopft sind.«

»Und mit dem Datum vertun Sie sich nicht?«

»Absolut nicht.«

»Haben Sie vielen Dank!«

Maigret blieb hier nichts mehr zu tun. Alles in allem gab es auch in der Rue de la Ferme nichts mehr für ihn zu tun. Es sei denn, man hegte den Verdacht, daß Eugénie eine einstudierte Lektion herunterrasselte. In diesem Fall war sie noch robuster als die beiden anderen.

»Sie glauben nicht, daß sie sie umgebracht haben?«

Er gab keine Antwort und ging zur Tür.

»Wegen der Fensterscheibe?«

Aus ihrer Stimme klang Unschlüssigkeit.

»Ist es unbedingt nötig, daß die Scheibe an dem von Ihnen genannten Tag kaputtging?«

»Warum? Möchten Sie die beiden gern im Gefängnis sehen?«

»Das würde mir tatsächlich Spaß machen. Aber wo ich jetzt die Wahrheit gesagt habe . . .«

Es tat ihr leid. Es hätte nicht viel gefehlt und sie hätte ihre Aussage widerrufen.

»Sie könnten ja mal in dem Eisenwarengeschäft

nachfragen, wo er die Scheibe und den Kitt gekauft hat.«

»Vielen Dank für den Rat.«

Er blieb einen Moment vor dem Haus stehen, in dem sich zufällig ein solches Geschäft befand. Aber es war nicht das richtige. Er wartete auf ein Taxi.

»Rue de la Ferme.«

Es lohnte nicht die Mühe, daß sich Torrence und der Inspektor aus Neuilly auf seine Anweisung hin länger auf dem Bürgersteig die Beine in den Leib standen. Die Erinnerung an Ernestines Komödie in der Rue de la Lune stieg in ihm auf, und er fand sie überhaupt nicht komisch. Er begann, über das Mädchen nachzudenken. Schließlich hatte sie ihn auf diese Fährte gebracht. Er hatte dummerweise die ganze Sache übereilt angefaßt. Noch heute morgen hatte er sich im Büro des fremden Polizeikommissars lächerlich gemacht.

Die Pfeife schmeckte ihm nicht. Er schlug die Beine übereinander und setzte sich gleich darauf wieder gerade hin. Die Glasscheibe zwischen ihm und dem Taxifahrer war heruntergedreht.

»Fahren Sie durch die Rue de Longchamp. Wenn das Eisenwarengeschäft noch geöffnet hat, halten Sie einen Augenblick.«

Er spielte gewissermaßen Kopf oder Wappen. Es war sein letzter Schritt. Wenn das Geschäft geschlossen war, würde er sich nicht die Mühe machen, noch einmal hinzufahren, trotz aller Ernestines und ihren Traurigen Alfreds. Was bewies denn, daß Alfred wirklich in das Haus in Neuilly eingestiegen war?

Schön, er war mit dem Fahrrad vom Quai de Jemmapes weggefahren und hatte in aller Herrgottsfrühe mit seiner Frau telefoniert. Aber niemand wußte, worüber sie miteinander gesprochen hatten.

»Da ist noch offen!«

Das bezog sich auf die Eisenwarenhandlung, die, wie man durch das Schaufenster sehen konnte, auch eine Drogerieabteilung hatte. Ein großer junger Mann in grauem Kittel kam Maigret zwischen Zinkeimern und Besen entgegen.

»Gibt es bei Ihnen Fensterglas?«

»Jawohl, Monsieur.«

»Und Kitt?«

»Selbstverständlich. Haben Sie die Maße?«

»Es ist nicht für mich. Sie kennen doch Monsieur Serre?«

»Den Zahnarzt? Ja, Monsieur.«

»Ist er Kunde bei Ihnen?«

»Er hat bei uns ein laufendes Konto.«

»Haben Sie ihn in den letzten Tagen gesehen?«

»Ich nicht, ich bin erst vorgestern aus dem Urlaub zurückgekommen. Vielleicht war er vorher hier. Das läßt sich aber leicht im Kontobuch feststellen.«

Der Verkäufer stellte keine Fragen, verschwand im Halbdunkel des Ladens und schlug ein dickes Register auf, das auf einem Stehpult lag.

»Er hat letzte Woche Fensterglas gekauft.«

»Können Sie mir den Tag sagen?«

»Freitag.«

Das Gewitter war am Donnerstagabend gewesen. Eugénie hatte recht und die alte Madame Serre auch!

»Er hat auch ein halbes Pfund Kitt gekauft.«

»Ich danke Ihnen.«

Alles hing an einem Faden, an der mechanischen Geste eines jungen Mannes in grauem Kittel, der jetzt rasch den Laden schließen wollte. Er blätterte aber noch immer wie zur Selbstberuhigung in dem Geschäftsbuch. Dann sagte er:

»Er ist in dieser Woche wieder dagewesen.«

»Was?«

»Am Mittwoch. Er hat eine Fensterscheibe von derselben Größe, 42 x 65 Zentimeter, gekauft und nochmal ein halbes Pfund Kitt.«

»Sind Sie ganz sicher?«

»Ich kann sogar genau sagen, daß er sehr früh gekommen ist, denn es war der erste Verkauf an diesem Tage.«

»Wann machen Sie auf?«

Das war wichtig, denn Eugénie, die um neun Uhr zur Arbeit kam, hatte behauptet, am Mittwochmorgen sämtliche Fensterscheiben in einwandfreiem Zustand vorgefunden zu haben.

»Wir kommen um neun, aber der Chef geht schon um acht runter und schließt den Laden auf.«

»Ich danke Ihnen, alter Freund! Sie sind ein prima Kerl!«

Der prima Kerl mußte wohl lange darüber nachdenken, warum dieser Herr, der beim Hereinkommen so finster dreingeschaut hatte, mit einem Mal solch gute Laune bekundete.

»Ich nehme nicht an, daß die Gefahr besteht, daß die Seiten Ihres Kontobuches vernichtet werden?«

»Warum sollte man das tun?«

»Eben. Trotzdem empfehle ich Ihnen, auf sie aufzupassen. Ich schicke Ihnen morgen früh jemanden vorbei, der die Seiten fotografieren wird.«

Er zog eine Visitenkarte aus der Tasche und reichte sie dem jungen Mann, der verdutzt las:

*Abteilungskommissar Maigret*
*Kriminalpolizei*
*Paris*

»Wohin soll's jetzt gehen?« fragte der Taxifahrer.

»Halten Sie einen Augenblick in der Rue de la Ferme. Sie sehen linkerhand ein kleines Bistro . . .«

Er hatte ein Glas Bier verdient. Beinahe hätte er Torrence und den Inspektor herbeigerufen, damit sie ihm Gesellschaft leisteten, begnügte sich dann aber zu guter Letzt damit, den Fahrer einzuladen.

»Was nehmen Sie?«

»Für mich bitte einen Weißwein mit Vichy.«

Die Straße war von der Sonne ganz in Gold getaucht. Man hörte das Rascheln des abendlichen Windes in den großen Bäumen des Bois de Boulogne.

Da gab es ein wenig weiter ein schwarzes Gitter, ein Rasenviereck, ein stilles, wie ein Kloster eingerichtetes Haus. Irgendwo in diesem Haus gab es eine alte Frau, die einer Äbtissin glich, und so etwas wie einen Türken, mit dem Maigret ein Hühnchen zu rupfen hatte.

Das Leben war schön.

5

## *Maigret erfährt anstelle Janviers die seltsame Meinung von Maria Serre, geborene van Aerts, über ihren Ehemann, und dann ist auch noch die Rede von sich daraus ergebenden Formalitäten*

Der Rest des Tages verlief folgendermaßen: Zunächst trank Maigret zwei Halbe mit seinem Taxifahrer, der sich mit einem einzigen Weißwein mit Vichy begnügte. Es war die Stunde, wo es kühl zu werden begann, und als er gerade wieder in den Wagen steigen wollte, kam ihm der Gedanke, sich zu der Pension fahren zu lassen, in der Maria van Aerts ein Jahr lang gewohnt hatte.

Er hatte dort nichts Wichtiges zu erledigen. Er gab vielmehr seiner Gewohnheit nach, bei den Leuten herumzuschnüffeln, um sie besser zu verstehen.

Die Wände waren von cremefarbenem Weiß. Alles war cremefarben, süßlich, wie in einer Konditorei, und die Besitzerin mit dem überstark gepuderten Gesicht wirkte wie ein Kuchen mit zuviel Zuckerguß.

»Was für eine reizende Person war sie, Monsieur Maigret! Und was für eine wunderbare Lebensgefährtin muß sie für ihren Mann gewesen sein! Sie sehnte sich so sehr danach, zu heiraten.«

»Wollen Sie damit sagen, daß sie auf eine Heirat aus war?«

»Träumen nicht alle jungen Mädchen von einem Ehemann?«

»Sie war doch ungefähr achtundvierzig Jahre alt, als sie bei Ihnen wohnte, wenn ich mich nicht irre?«

»In ihrem Wesen war sie aber unglaublich jung geblieben! Ein Nichts amüsierte sie. Wenn ich Ihnen erzählen würde, daß es ihr großen Spaß machte, den anderen Pensionsgästen Streiche zu spielen! Es gibt in der Nähe der Madeleine ein Geschäft, das mir nie zuvor aufgefallen war, ehe ich es durch sie kennenlernte. Man kann dort alle möglichen Scherzartikel kaufen: künstliche Mäuse, Löffel, die im Kaffee schmelzen, Geräte, die man unter das Tischtuch schiebt und die dann heimlich den Teller eines Tischnachbarn emporheben, Gläser, aus denen man nicht trinken kann und was sonst noch. Kurz und gut – in diesem Geschäft war sie eine der besten Kundinnen.

Dabei eine sehr gebildete Dame, die alle Museen in Europa kannte und ganze Tage im Louvre zubrachte.«

»Hat sie Ihnen ihren künftigen Gatten einmal vorgestellt?«

»Nein. Sie spielte gern die Geheimniskrämerin. Vielleicht scheute sie sich, ihn hierher mitzubringen, weil ihm da sicher ein paar andere Damen schöne Augen gemacht hätten. Dem Vernehmen nach ist er ein außerordentlich stattlicher Mann mit dem Aussehen eines Diplomaten.«

»Aha!«

»Er sei Zahnarzt, hat sie mir gesagt, behandle aber nur ganz wenige Patienten nach Vereinbarung. Er stamme aus einer sehr reichen Familie.«

»Und Mademoiselle van Aerts?«

»Ihr Vater hat ihr ein hübsches Vermögen hinterlassen.«

»Sagen Sie: War sie geizig?«

»Hat man Ihnen das erzählt? Ganz sicher war sie äußerst sparsam. Wenn sie zum Beispiel in der Stadt Besorgungen zu machen hatte, wartete sie, bis eine andere Dame aus der Pension den gleichen Weg hatte, damit sie sich die Taxikosten teilen konnten. Jede Woche hatte sie an ihrer Rechnung etwas zu bemängeln.«

»Wissen Sie, wie sie Monsieur Serre kennengelernt hat?«

»Ich glaube nicht, daß es durch die Annonce geschah.«

»Sie hatte also eine Anzeige in den Zeitungen aufgegeben?«

»Nur so zum Spaß. Sie hielt nichts davon. Wohl mehr, um sich zu amüsieren. Ich kann mich nicht an den genauen Text erinnern, aber sie hatte etwa so formuliert, daß eine Dame aus sehr guter Familie, Ausländerin, vermögend, einen Herrn aus entsprechenden Kreisen zwecks späterer Heirat suche. Sie hat damals Hunderte von Briefen bekommen. Sie verabredete sich mit den Absendern dann im Louvre, einmal in diesem Saal, einmal in jenem, und die Herren mußten ein bestimmtes Buch in der Hand halten oder eine Blume im Knopfloch tragen.«

Es gab andere Damen, die ähnlich aussahen, aus England, Schweden oder Amerika nach Paris gekommen waren und jetzt in den Korbsesseln in der Halle saßen, wo man das ölige Surren der elektrischen Ventilatoren hörte.

»Ich hoffe doch, daß ihr nichts zugestoßen ist?«

Es war schon fast sieben Uhr, als Maigret am Quai des Orfèvres aus dem Taxi stieg. Auf dem dunklen Bürgersteig hatte er Janvier bemerkt, der gedankenverloren mit einem Paket unter dem Arm herankam, und hatte auf ihn gewartet, um mit ihm die Treppe hinaufzusteigen.

»Wie geht's, mein lieber Janvier?«

»Na, es geht, Chef.«

»Was trägst du denn da?«

»Mein Abendessen.«

Janvier klagte nicht, aber er hatte den Gesichtsausdruck eines Märtyrers.

»Warum gehst du nicht nach Hause?«

»Wegen dieser unseligen Gertrude.«

Die Büros waren beinahe leer und wurden von Zugluft durchpustet, denn ein frischer Wind war aufgekommen, und alle Fenster im Gebäude waren offengeblieben.

»Ich habe Gertrude Oosting in Amsterdam erwischen können. Genauer gesagt: ich habe ihr Dienstmädchen an der Strippe gehabt. Zum Glück habe ich einen freundlichen Menschen aufgetrieben, der bei der Fremdenpolizei auf eine Kennkarte wartete und mir als Dolmetscher half, denn das Mädchen sprach kein Wort Französisch. Ich mußte dann noch einmal anrufen. Unglücklicherweise hat die Dame Oosting mit ihrem Gatten heute nachmittag um vier das Haus verlassen. Es gibt bei ihnen heute irgendein Konzert im Freien mit einem Kostümumzug. Anschließend sind die Oostings mit Freunden zum Abendessen verabredet, wo, weiß das Mädchen nicht. Sie kann auch nicht sagen, wann sie nach Hause kommen. Jedenfalls ist sie beauftragt worden, die Kinder zu Bett zu bringen.

Übrigens, wo wir gerade von Kindern reden ...«

»Ja, was?«

»Ach nichts, Chef.«

»Sag es, los!«

»Es ist weiter nichts. Nur daß meine Frau enttäuscht ist. Unser Ältester hat heute Geburtstag. Sie hatte ein leckeres kleines Abendessen vorbereitet. Na, macht nichts.«

»Hast du das Dienstmädchen fragen lassen, ob Gertrude Oosting Französisch spricht?«

»Das tut sie.«

»Dann hau ab!«

»Was?«

»Hau ab, sag ich! Laß mir deine Butterbrote da; ich bleibe dann hier.«

»Madame Maigret wird das aber gar nicht recht sein!«

Janvier hatte noch ein wenig herumgedruckst und sich bitten lassen und war dann davongeeilt, um seinen Vorortzug zu erreichen.

Maigret hatte allein in seinem Büro gegessen und war dann zu einem Schwätzchen mit Moers ins Laboratorium gegangen. Moers verließ das Haus erst um neun Uhr, als es völlig Nacht geworden war.

»Ist alles klar?«

»Ja, Chef.«

Er nahm einen Fotografen mit und eine Menge Apparate. Es war nicht gerade legal, aber seit dem Augenblick, als Guillaume Serre zwei Fensterscheiben und nicht nur eine gekauft hatte, spielte das alles kaum noch eine Rolle.

»Verbinden Sie mich bitte mit Amsterdam . . .«

Das Dienstmädchen am anderen Ende der Leitung kauderwelschte irgend etwas, und er glaubte verstanden zu haben, daß Madame Oosting noch nicht nach Hause gekommen war.

Dann rief er seine Frau an.

»Würde es dir etwas ausmachen, herzukommen und mit mir ein Gläschen auf der Terrasse der Brasserie Dauphine zu trinken? Ich habe hier wahrscheinlich noch ein oder zwei Stunden zu tun. Nimm dir ein Taxi.«

Es war kein unerfreulicher Abend. Alle beide fühlten sich ebenso behaglich wie auf einer Restaurantterrasse an den großen Boulevards mit dem einzigen Unterschied, daß sie nur die Aussicht auf die große, weiß leuchtende Treppe des Justizpalastes hatten.

In der Rue de la Ferme mußten sie jetzt bei der Arbeit sein. Maigret hatte sie angewiesen, zu warten, bis die Serres zu Bett gegangen waren. Torrence sollte vor dem Haus Wache stehen, um jede Überraschung auszuschließen, während die anderen in die Garage eindrangen, die man vom Fenster des Hauses aus nicht sehen konnte, und das Auto einer sorgfältigen Untersuchung unterzogen. Für diese Aufgabe waren Moers und der Fotograf ausersehen. An alles mußte gedacht werden: Fingerabdrücke, Entnahme von Staubproben und der ganze Klimbim.

»Du siehst zufrieden aus.«

»Ich habe auch keinen Ärger.«

Er gestand ihr nicht, daß er vor ein paar Stunden von solch guter Laune weit entfernt gewesen war, und bestellte sich Schnaps, während Madame Maigret nur einen Kräutertee trank.

Zweimal ließ er sie allein, um von seinem Büro aus Amsterdam anzurufen. Erst um halb zwölf vernahm er eine Stimme, die nicht die des Dienstmädchens war und die ihm auf Französisch antwortete:

»Ich verstehe Sie nicht sehr gut!«

»Ich sagte, daß ich aus Paris anrufe.«

»Oh! Paris!«

Sie sprach mit starkem Akzent, der keineswegs unangenehm war.

»Hier ist die Kriminalpolizei.«

»Die Polizei?«

»Ja. Ich rufe Sie wegen Ihrer Freundin Maria an. Sie kennen doch Maria Serre, nicht wahr? Mit Mädchennamen hieß sie van Aerts.«

»Wo ist sie?«

»Ich weiß es nicht. Das möchte ich gerade Sie fragen. Hat sie Ihnen oft geschrieben?«

»Ja, sehr oft. Ich sollte sie am Mittwochmorgen vom Bahnhof abholen.«

»Haben Sie auf sie gewartet?«

»Ja.«

»Ist sie angekommen?«

»Nein.«

»Hat sie Sie telegrafisch oder telefonisch benachrichtigt, daß sie nicht käme?«

»Nein. Ich bin sehr beunruhigt!«

»Ihre Freundin ist spurlos verschwunden.«

»Was wollen Sie damit sagen?«

»Was hat sie Ihnen in ihren Briefen mitgeteilt?«

»Sehr viele Dinge.«

Sie redete in ihrer Muttersprache auf jemanden ein, der neben ihr stand, wahrscheinlich ihren Ehemann.

»Nehmen Sie an, daß Maria tot ist?«

»Vielleicht. Hat sie Ihnen nie geschrieben, sie sei unglücklich?«

»Sie war mit ihrem Los nicht gerade zufrieden.«

»Warum nicht?«

»Sie mochte die alte Dame nicht.«

»Ihre Schwiegermutter?«

»Ja.«

»Und ihr Mann?«

»Der ist anscheinend gar kein richtiger Mann, sondern ein Kind, das große Angst vor seiner Mutter hat.«

»Ist es schon lange her, daß sie Ihnen das geschrieben hat?«

»Fast unmittelbar nach der Hochzeit. Ein paar Wochen danach.«

»Äußerte sie damals schon die Absicht, sich von ihm zu trennen?«

»Nein. Erst seit ungefähr einem Jahr.«

»Und in jüngster Zeit?«

»Da hat sie den festen Entschluß gefaßt. Sie hat mich gebeten, für sie ein Appartement in Amsterdam in unserer Nähe zu suchen.«

»Haben Sie eine Wohnung gefunden?«

»Ja. Eine schöne sogar.«

»So daß alles in die Wege geleitet war?«

»Ja. Ich war am Bahnhof.«

»Würde es Ihnen etwas ausmachen, mir Abschriften der Briefe Ihrer Freundin zu schicken? Haben Sie sie aufbewahrt?«

»Ich hebe alle Briefe auf, aber es wäre eine Heidenarbeit, sie abzuschreiben; sie sind nämlich sehr lang. Ich kann Ihnen die wichtigsten schicken. Sind Sie sicher, daß ihr ein Unglück zugestoßen ist?«

»Ich bin davon überzeugt.«

»Ist sie ermordet worden?«

»Wahrscheinlich.«

»Ihr Mann?«

»Ich weiß es nicht. Hören Sie, Madame Oosting, Sie könnten mir einen großen Gefallen tun. Hat Ihr Gatte ein Auto?«

»Selbstverständlich.«

»Es wäre nett von ihm, wenn er Sie jetzt zum Polizeipräsidium fahren würde. Es ist die ganze Nacht geöffnet. Sie erklären dem Inspektor vom Dienst, Sie hätten Ihre Freundin Maria erwartet. Sie zeigen ihm ihren letzten Brief. Sie sagen ferner, daß Sie äußerst beunruhigt seien und wünschten, daß Ermittlungen eingeleitet würden.«

»Soll ich mich auf Sie beziehen?«

»Das ist nicht so wichtig. Die Hauptsache ist, daß Sie Nachforschungen verlangen.«

»Ich fahre gleich hin.«

»Ich danke Ihnen. Vergessen Sie nicht die Briefe, die Sie mir schicken wollten!«

Er rief fast unmittelbar darauf noch einmal in Amsterdam an, diesmal die Nummer der Kriminalpolizei.

»In ein paar Minuten wird Sie eine gewisse Madame Oosting aufsuchen und Ihnen von dem Verschwinden ihrer Freundin Madame Serre, geborene van Aerts, in Kenntnis setzen.«

»Ist sie in Holland verschwunden?«

»Nein, in Paris. Ich benötige, um mich einschalten zu können, eine offizielle Anzeige. Wären Sie so freundlich, sobald Sie ihre Angaben zu Protokoll genommen haben, mir ein Telegramm zu schicken, in dem Sie uns auffordern, Ermittlungen anzustellen?«

All dies nahm geraume Zeit in Anspruch. Der Inspektor am anderen Ende der Leitung begriff nicht, wie ihm Maigret aus Paris den Besuch von Madame Oosting ankündigen konnte.

»Ich erkläre Ihnen das später. Jetzt brauche ich erst einmal Ihr Telegramm. Geben Sie es sofort auf. Ich habe es dann binnen einer halben Stunde hier.«

Er ging dann wieder zu seiner Frau, die ungeduldig auf der Restaurantterrasse saß.

»Bist du jetzt fertig?«

»Noch nicht. Ich trinke noch ein Glas und nehme dich dann mit.«

»Nach Hause?«

»Ins Büro.«

Das machte immer Eindruck auf sie. Sie hatte die Diensträume am Quai des Orfèvres nur bei seltenen Gelegenheiten betreten und wußte nie recht, wie sie sich dort verhalten sollte.

»Du scheinst ja gutgelaunt zu sein. Man könnte meinen, du spieltest jemandem einen Streich.«

»Da hast du beinahe recht.«

»Wem denn?«

»Einem Kerl, der aussieht wie ein Türke, ein Diplomat und ein Straßenjunge.«

»Das verstehe ich nicht.«

»Ist das die Möglichkeit!«

Es kam selten vor, daß er so zum Scherzen aufgelegt war. Wieviele Calvados hatte er getrunken? Vier? Fünf? Diesmal stürzte er, bevor er in sein Büro zurückkehrte, ein Bier hinunter, hakte seine Frau unter und legte mit ihr die zweihundert Meter am Quai zurück, die sie von der Zentrale der Pariser Kriminalpolizei trennten.

»Ich bitte dich nur um eines: Fang nicht wieder damit an, mir die Ohren vollzureden, daß alles staubig ist und daß die Büros dringend ein Großreinemachen nötig haben!«

Am Telefon:

»Kein Telegramm für mich gekommen?«

»Nichts, Herr Kommissar!«

Zehn Minuten später kehrte die ganze Mannschaft bis auf Torrence aus der Rue de la Ferme zurück.

»Alles glattgegangen? Nichts dazwischengekommen?«

»Nichts. Niemand hat uns gestört. Torrence hat

darauf bestanden, daß wir warteten, bis man kein Licht mehr im Hause sah, und Guillaume Serre hat lange herumgetrödelt, bevor er schlafen ging.«

»Das Auto?«

Vacher, der nichts mehr zu tun hatte, bat, nach Hause gehen zu dürfen. Nur Moers und der Fotograf blieben da. Madame Maigret saß auf einem Stuhl wie eine Besucherin und setzte die zerstreute Miene von jemandem auf, der nicht zuhört.

»Wir haben alle Teile des Wagens untersucht; er ist anscheinend seit zwei bis drei Tagen nicht benutzt worden. Der Tank ist halbvoll. Im Inneren ist keine Unordnung festzustellen. Im hinteren Kofferraum habe ich ein paar frische Kratzer entdeckt.«

»Als hätte man ein großes und schweres Paket hineingepackt?«

»Das könnte sein.«

»Einen Koffer beispielsweise?«

»Einen Koffer oder eine Kiste.«

»Keine Blutflecken im Inneren?«

»Nein. Auch keine Haare. Ich habe darauf geachtet. Wir hatten einen Scheinwerfer mitgenommen, und in der Garage war eine Steckdose. Emile wird sofort die Aufnahmen entwickeln.«

»Ich gehe gleich nach oben«, sagte der Fotograf. »Wenn Sie ungefähr zwanzig Minuten warten würden . . .«

»Ich warte. Hast du den Eindruck, Moers, als sei das Auto vor kurzem gereinigt worden?«

»Von außen nicht. Es ist nicht in einer Werkstatt gewaschen worden. Aber ich würde sagen, daß das

Auto von innen sorgfältig ausgebürstet worden ist. Sogar die Fußmatten müssen herausgenommen und ausgeschlagen worden sein, denn ich habe Mühe gehabt, überhaupt etwas Schmutz zusammenzukratzen. Trotzdem habe ich mehrere Proben mitgebracht, die ich jetzt analysieren werde.«

»Keine Bürste in der Garage?«

»Nein. Ich habe danach gesucht. Sie muß weggeschafft worden sein.«

»Alles in allem, bis auf die Kratzer . . .«

»Nichts Anormales. Kann ich raufgehen?«

Sie blieben allein im Büro zurück, Madame Maigret und er.

»Bist du nicht müde?«

Sie verneinte die Frage. Sie hatte eine besondere Art und Weise, sich diese Umgebung anzusehen, in der ihr Mann den größten Teil seines Lebens verbracht hatte und die sie so wenig kannte.

»Ist das immer so?«

»Was?«

»Eine Ermittlung. Wenn du nicht nach Hause kommst.«

Sie fand wohl, daß alles sehr ruhig und sehr einfach war, fast wie eine Spielerei wirkte.

»Das kommt darauf an.«

»Geht es um einen Mord?«

»Das ist mehr als wahrscheinlich.«

»Kennst du den Täter?«

Als er sie lächelnd ansah, wandte sie die Augen ab. Dann fragte sie:

»Weiß er, daß du ihn verdächtigst?«

Er nickte.

»Glaubst du, daß er schlafen kann?«

Nach einem Augenblick fügte sie mit einem Anflug von Schaudern hinzu:

»Das muß schrecklich sein!«

»Für die arme Frau muß es auch nicht gerade ein Vergnügen gewesen sein.«

»Ich weiß. Aber es ist doch wahrscheinlich schneller gegangen, nicht?«

»Vielleicht.«

Man sagte ihm das Telegramm der holländischen Polizei telefonisch durch. Den Text würde man ihm am nächsten Morgen zustellen.

»Na endlich! Wir können nach Hause fahren.«

»Ich nahm an, daß du noch auf die Fotografien warten wolltest.«

Er lächelte wiederum. Im Grunde hätte sie gern mehr erfahren. Sie verspürte gar kein Bedürfnis mehr schlafenzugehen.

»Sie werden keine Aufschlüsse liefern.«

»Glaubst du?«

»Ich bin davon überzeugt. Die Untersuchungen von Moers ebensowenig.«

»Warum denn nicht? Hat der Mörder sich so vorsichtig verhalten?«

Er antwortete nicht, knipste das Licht aus und zog seine Frau in den Korridor, wo die Reinigungskolonne ihren Dienst antrat.

»Sind Sie das, Monsieur Maigret?«

Er sah auf den Wecker, der halb neun anzeigte. Seine Frau hatte ihn schlafen lassen. Er erkannte Ernestines Stimme.

»Ich wecke Sie doch nicht?«

Er zog es vor, die Frage zu verneinen.

»Ich bin auf dem Postamt. Es ist noch eine Karte für mich da.«

»Aus Le Havre?«

»Aus Rouen. Er schreibt nichts, geht auch noch nicht auf meine Anzeige ein. Nur meine Postlageranschrift, wie gestern.«

Es entstand ein Schweigen. Dann wollte sie wissen:

»Haben Sie was Neues?«

»Ja.«

»Was?«

»Es hat mit Fensterscheiben zu tun.«

»Gut?«

»Es hängt davon ab, für wen.«

»Für uns?«

»Ich glaube, es ist gut für Sie und für Alfred, ja.«

»Sie glauben nicht mehr, daß ich gelogen habe?«

»Im Augenblick nicht.«

Im Büro bestimmte er Janvier zu seinem Begleiter, der sich ans Steuer des kleinen schwarzen Autos der Kriminalpolizei setzte.

»Rue de la Ferme!«

Das Telegramm in der Tasche, ließ er den Wagen vor dem Gittertor halten, das die beiden durchschritten und dabei ihre berufsmäßigste Miene aufsetzten. Maigret schellte. Ein Vorhang bewegte sich in der ersten Etage, wo die Jalousien noch nicht geschlossen waren. Eugénie, in alten Pantoffeln, machte ihnen auf und wischte sich die nassen Hände an der Schürze ab.

»Guten Tag, Eugénie. Monsieur Serre ist zu Hause, und ich möchte ihn sprechen.«

Jemand beugte sich über das Treppengeländer. Eine Altfrauenstimme sagte:

»Führen Sie die Herren ins Wohnzimmer, Eugénie!«

Es war das erste Mal, daß Janvier das Haus betrat, und es machte großen Eindruck auf ihn. Über ihren Köpfen hörten sie ein Kommen und Gehen. Dann öffnete sich unvermutet die Tür, und die massige Gestalt Guillaume Serres füllte fast den ganzen Rahmen aus.

Er war genauso beherrscht wie am Tag zuvor und blickte sie mit derselben sorglosen Unverschämtheit an.

»Haben Sie eine richterliche Vollmacht?« fragte er mit leicht zitternden Lippen.

Maigret ließ sich absichtlich etwas Zeit, als er seine Brieftasche aus der Tasche holte, sie öffnete und darin ein Formular suchte, das er ihm höflich überreichte.

»Bitte, Monsieur Serre.«

Der Mann war darauf nicht gefaßt gewesen. Er las den Text und trat an das Fenster, um die Unterschrift zu entziffern, während Maigret sagte:

»Wie Sie sehen, ist es ein Haussuchungsbefehl. Es ist eine Untersuchung eröffnet worden in Sachen der vermißten Madame Maria Serre, geborene van Aerts, aufgrund einer Anzeige von Madame Gertrude Oosting in Amsterdam.«

Bei den letzten Worten war die alte Dame hereingekommen.

»Was ist denn los, Guillaume?«

»Nichts, Mama«, antwortete er mit merkwürdig sanfter Stimme. »Diese Herren möchten, glaube ich, das Haus besichtigen. Geh hinauf in dein Zimmer!«

Sie zögerte und sah Maigret wie ratsuchend an.

»Bleibst du auch ganz ruhig, Guillaume?«

»Aber ja, Mama. Laß uns bitte allein!«

Es verlief nicht alles ganz so, wie Maigret es erwartet hatte, und der Kommissar runzelte die Stirn.

»Ich vermute«, sagte er, als sich die alte Dame widerwillig entfernt hatte, »daß Sie den Beistand eines Anwalts wünschen? Ich muß Ihnen gleich eine Anzahl Fragen stellen.«

»Ich benötige keinen Anwalt. Sobald Sie einen Durchsuchungsbefehl haben, kann ich gegen Ihre Anwesenheit nichts einwenden. Das ist alles.«

Die Jalousien im Erdgeschoß waren heruntergelassen. Bis jetzt hatten sie sich im Halbdunkel unterhalten. Serre ging auf das erstbeste Fenster zu.

»Zweifellos wollen Sie alles bei Licht besehen?«

Seine Stimme klang unbeteiligt, und wenn sich wirklich eine Gefühlsäußerung heraushören ließ, war es eine gewisse Verachtung.

»Tun Sie Ihre Pflicht, meine Herren!«

Es versetzte dem Auge fast einen Schock, das volle Tageslicht in das Wohnzimmer eindringen zu sehen. Serre ging in das angrenzende Arbeitszimmer hinüber, wo er ebenfalls die Jalousien hochzog, und weiter in sein Behandlungszimmer.

»Wenn Sie in die erste Etage hinaufgehen wollen, sagen Sie mir Bescheid.«

Janvier warf seinem Vorgesetzten überraschte Blicke zu. Dieser hatte nicht mehr ganz die gute Laune wie am Morgen oder am Vorabend. Er wirkte nachdenklich.

»Sie erlauben doch, daß ich Ihr Telefon benutze, Monsieur Serre?« fragte er mit derselben kühlen Höflichkeit, die sein Gesprächspartner ihm gegenüber an den Tag gelegt hatte.

»Auch dazu haben Sie das Recht.«

Er wählte die Nummer der Kriminalpolizei. Moers hatte ihm am Morgen einen mündlichen Bericht erstattet, der, wie es der Kommissar geahnt hatte, beinahe negativ gewesen war. Die Untersuchung der Schmutzproben hatte nichts ergeben. Genauer gesagt: beinahe nichts. Moers hatte lediglich vorn im Auto, unter dem Fahrersitz, eine winzige Menge Ziegelsteinstaub aufgesammelt.

»Geben Sie mir das Laboratorium. Bist du's, Moers? Würdest du mit deinen Leuten und den Geräten zur Rue de la Ferme kommen?«

Er beobachtete Serre, der sich eine lange schwarze Zigarre anzündete und keine Miene verzog.

»Das übliche Spiel . . . Nein, keine Leiche da. Ich bleibe hier.«

Dann, zu Janvier gewandt:

»Du kannst anfangen!«

»Mit diesem Zimmer?«

»Egal mit welchem!«

Guillaume Serre folgte ihnen auf Schritt und Tritt und sah ihrem Tun wortlos zu. Er trug keine Krawatte und hatte eine Jacke aus schwarzer Alpakawolle über sein weißes Oberhemd gezogen.

Während Janvier die Schubladen des Schreibtisches durchsuchte, blätterte Maigret in der Kartei des Zahnarztes und machte sich Aufzeichnungen in seinem dicken Notizbuch.

In Wirklichkeit grenzte das Ganze an eine Komödie. Er wäre in Verlegenheit geraten, wenn man ihn gefragt hätte, was er eigentlich suchte. Im Grunde ging es nur darum, festzustellen, ob Serre in einem bestimmten Augenblick an irgendeiner Stelle des Hauses eine gewisse Unruhe zeigen würde.

Als man beispielsweise das Wohnzimmer durchsucht hatte, hatte er nicht mit der Wimper gezuckt und regungslos und würdevoll dagestanden, den Rücken gegen den braunen Marmorkamin gelehnt.

Jetzt sah er Maigret an, als frage er sich, was dieser in seiner Kartei suche, aber sein Blick verriet dabei mehr Neugier als Angst.

»Sie haben sehr wenige Patienten, Monsieur Serre.«

Er gab keine Antwort und zuckte die Achseln.

»Ich stelle fest, daß die Zahl der weiblichen Patienten die der männlichen beträchtlich übersteigt.«

Der andere schien zu lachen: »Na und?«

»Ich sehe auch, daß Sie in Ihrer Eigenschaft als Zahnarzt die Bekanntschaft von Maria van Aerts gemacht haben.«

Er fand Vermerke über fünf, auf zwei Monate verteilte Besuche mit allen Einzelheiten der Behandlung.

»Wußten Sie, daß sie reich war?«

Erneutes Achselzucken.

»Kennen Sie Dr. Dubuc?«

Er deutete mit dem Kopf Zustimmung an.

»Er war der Hausarzt Ihrer Frau, wenn ich mich nicht irre. Haben Sie sie zu ihm geschickt?«

Aha! Endlich tat er den Mund auf!

»Dr. Dubuc hat Maria van Aerts behandelt, ehe sie meine Frau wurde.«

»Wußten Sie bei der Eheschließung, daß sie herzkrank war?«

»Sie hatte mir davon erzählt.«

»War es eine ernste Erkrankung?«

»Dr. Dubuc wird Sie darüber unterrichten, wenn er dazu verpflichtet zu sein glaubt.«

»Auch Ihre erste Frau war herzkrank, nicht wahr?«

»Sie finden ihre Sterbeurkunde bei den Akten.«

Janvier fühlte sich am unbehaglichsten. Er freute sich, als er die Spezialisten vom Erkennungsdienst eintreffen sah, die die Atmosphäre im Haus etwas auflockern würden. Als das Auto vor dem Gittertor hielt, ging Maigret selbst zur Haustür und öffnete sie. Mit leiser Stimme sagte er zu Moers:

»Mit allen Schikanen! Wir wollen das Haus sorgsam durchkämmen!«

Und Moers, der verstanden und die gedrungene Gestalt von Guillaume Serre bemerkt hatte, flüsterte:

»Glauben Sie, daß ihn das beeindrucken wird?«

»Vielleicht wird am Ende irgend jemand beeindruckt sein.«

Einige Augenblicke später hätte man meinen können, in einem Haus zu sein, von dem Auktionatoren wegen einer bevorstehenden Versteigerung Besitz ergriffen hatten. Die Männer von der Spurensicherung ließen keinen Winkel undurchforstet; sie hängten die Fotos und Gemälde ab, rückten das Klavier und die Sessel beiseite, um unter den Teppichen nachzusehen, stapelten Schubladen und breiteten Papiere aus.

Zum erstenmal hatte man das Gesicht von Madame Serre wahrgenommen, die von der Tür aus einen Blick ins Zimmer geworfen hatte und mit betroffener Miene wieder gegangen war. Dann knurrte Eugénie:

»Ich hoffe sehr, daß Sie das alles wieder wegräumen!«

Sie murrte noch mehr, als ihre Küche an der Reihe war und sogar die Wandschränke drankamen, in denen sie die Besen hängen hatte.

»Wenn Sie mir nur sagen würden, was Sie suchen.«

Sie suchten nichts Bestimmtes. Vielleicht suchte Maigret sogar im Grunde überhaupt nichts. Er beobachtete den Mann, der ihnen auf den Fersen blieb und sich nicht für eine Sekunde aus der Ruhe bringen ließ.

Warum hatte Maria ihrer Freundin geschrieben, Serre sei in Wirklichkeit nichts weiter als ein großes Kind?

Während seine Leute noch bei der Arbeit waren, nahm Maigret den Telefonhörer ab und ließ sich mit Dr. Dubuc verbinden.

»Sind Sie noch einige Zeit in Ihrer Praxis? Kann ich Sie aufsuchen? Nein, es wird nicht lange dauern. Ich werde es dem Mädchen sagen, danke schön.«

Dubuc hatte fünf Patienten in seinem Wartezimmer sitzen und versprach dem Kommissar, ihn durch die Hintertür hereinzulassen. Es waren nur zwei Schritte bis zu ihm am Quai unten. Maigret ging zu Fuß hin, kam an dem Eisenwarengeschäft vorbei, aus dem der junge Verkäufer vom Vortag ihm zuwinkte.

»Lassen Sie das Geschäftsbuch nicht fotografieren?«

»Bald.«

Dubuc war ein Mann in den Fünfzigern mit einem kleinen roten Kinnbart und einem Kneifer.

»Sie waren der Arzt von Madame Serre, Herr Doktor?«

»Der jungen Madame Serre. Das heißt, der jüngeren.«

»Sonst haben Sie niemanden im Haus behandelt?«

»Warten Sie mal! Doch! Eine Hausgehilfin, die sich vor zwei oder drei Jahren in die Hand geschnitten hatte.«

»Maria Serre war wirklich krank?«

»Sie mußte behandelt werden, ja.«

»Das Herz?«

»Herzerweiterung. Außerdem aß sie viel zuviel und klagte über nervöse Störungen.«

»Hat sie Sie oft rufen lassen?«

»Etwa einmal monatlich. Manchmal kam sie auch zu mir.«

»Hatten Sie ihr ein Medikament verschrieben?«

»Beruhigungstabletten, völlig harmlos.«

»Glauben Sie, daß ihr Herz ihr einen Streich hätte spielen können?«

»Auf keinen Fall. In zehn oder fünfzehn Jahren vielleicht . . .«

»Tat sie nichts, um abzunehmen?«

»Alle vier oder fünf Monate beschloß sie, Diät zu halten, aber ihr guter Wille hielt immer nur ein paar Tage an.«

»Sind Sie ihrem Mann begegnet?«

»Gelegentlich.«

»Was halten Sie von ihm?«

»In welcher Hinsicht? Beruflich? Eine meiner Patientinnen ist bei ihm in Behandlung gewesen und hat mir erzählt, er sei sehr geschickt und sehr behutsam.«

»Und als Mensch?«

»Er ist mir verschlossen vorgekommen. Was ist eigentlich los?«

»Seine Frau ist verschwunden.«

»Ach!«

Im Grunde kümmerte es Dubuc einen Dreck, und er deutete nur eine vage Geste an.

»So was kommt schon mal vor, nicht wahr? Er tut nicht gut daran, sie durch die Polizei suchen zu lassen, denn das wird sie ihm nie verzeihen.«

Maigret ging lieber nicht darauf ein. Bei der Rückkehr machte er einen Umweg, um an der Garage vorbeizugehen, vor der jetzt niemand mehr auf Posten stand. Das Gebäude gegenüber war ein Mietshaus. Die Concierge stand auf der Schwelle und war dabei, den Messingtürgriff zu polieren.

»Liegt Ihre Wohnung zur Straße?« fragte er.

»Was geht Sie das an?«

»Ich bin von der Polizei. Ich hätte gerne gewußt, ob

Sie die Person kennen, die ihren Wagen in der Garage gegenüber parkt, in der ersten von rechts.«

»Das ist der Zahnarzt.«

»Sehen Sie ihn ab und zu?«

»Ich sehe ihn, wenn er seinen Wagen holen kommt.«

»Haben Sie ihn diese Woche gesehen?«

»Hören Sie mal, was war eigentlich gestern abend in seiner Garage los? Waren das Diebe? Ich habe zu meinem Mann gesagt . . .«

»Es waren keine Diebe.«

»Also waren Sie's?«

»Spielt keine Rolle. Haben Sie ihn in dieser Woche sein Auto holen sehen?«

»Ich glaube, ja.«

»Wissen Sie noch, an welchem Tag? Und wie spät es war?«

»Es war abends, ziemlich spät. Warten Sie. Ich war noch mal aufgestanden. Sehen Sie mich nicht so an. Es fällt mir gleich wieder ein.«

Es sah aus, als löse sie eine Rechenaufgabe im Kopf.

»Ich bin nämlich noch mal aufgestanden, weil mein Mann Zahnweh hatte und habe ihm eine Aspirintablette geholt. Wenn er hier wäre, könnte er Ihnen sofort sagen, an welchem Tag das war. Ich habe beobachtet, daß Monsieur Serres Auto aus der Garage herausfuhr und habe noch gesagt, das sei doch ein merkwürdiges Zusammentreffen.«

»Weil Ihr Mann Zahnschmerzen hatte?«

»Ja. Und weil im selben Augenblick auf der anderen Seite ein Zahnarzt auftauchte. Es war schon nach Mitternacht. Mademoiselle Germaine ist gerade zurückgekommen. Richtig, dann war es Dienstag, denn sie geht nur Dienstagabend aus dem Haus, um bei Freunden Karten zu spielen.«

»Sein Auto fuhr aus der Garage heraus? Es fuhr nicht hinein?«

»Es kam heraus.«

»In welche Richtung fuhr es?«

»Zur Seine.«

»Sie haben nicht gehört, daß es ein Stück weiter anhielt, zum Beispiel vor dem Haus von Monsieur Serre?«

»Ich habe mich nicht weiter darum gekümmert. Ich war barfuß, und der Fußboden war kalt, denn wir schlafen bei offenem Fenster. Was hat er denn gemacht?«

Was hätte Maigret antworten können? Er bedankte sich und ging davon, durchquerte den Vorgarten und schellte. Eugénie öffnete ihm die Tür und bedachte ihn mit einem finsteren, vorwurfsvollen Blick.

»Die Herren sind oben!« teilte sie ihm mit dürren Worten mit.

Man war mit dem Erdgeschoß fertig. Aus der ersten Etage waren geräuschvolle Schritte zu hören und der Lärm von Möbelstücken, die hin und her geschoben wurden.

Maigret ging hinauf und fand die alte Madame Serre auf einem Stuhl mitten auf dem Treppenabsatz sitzen.

»Ich weiß nicht mehr, wo ich hin soll«, sagte sie. »Es ist wie beim Umzug. Was suchen die denn bloß, Monsieur Maigret?«

Guillaume Serre stand mitten in einem in gleißendes Sonnenlicht getauchten Zimmer und zündete sich eine neue Zigarre an.

»Mein Gott, warum haben wir sie bloß abreisen lassen?« seufzte die Alte. »Wenn ich geahnt hätte . . .«

Sie führte nicht weiter aus, was sie getan hätte, wenn sie die Unannehmlichkeiten hätte voraussehen können, die das Verschwinden ihrer Schwiegertochter ihr einbrachte.

## 6

## *Maigret trifft eine Entscheidung, die seine Mitarbeiter verblüfft, und sein Büro nimmt das Aussehen eines Boxrings an*

Es war drei Uhr vierzig, als Maigret seine Entscheidung traf, vier Uhr fünfundzwanzig, als das Verhör begann. Aber der feierliche Augenblick, der fast dramatisch zu nennen war, war der, in dem der Entschluß gefaßt wurde.

Maigrets Handlungsweise überraschte alle, die mit ihm in dem Haus in der Rue de la Ferme an die Arbeit gegangen waren. Seit dem Morgen schon lag etwas Ungewöhnliches in der Art, wie der Kommissar die Operation leitete. Es war nicht die erste Haussuchung dieses Umfangs, an der sie teilnahmen, aber diese nahm, je weiter man damit vorankam, einen Charakter an, der sie von den anderen unterschied. Es war schwierig, es in Worte zu fassen. Janvier merkte es als erster, weil er den Chef am besten kannte.

Als er ihnen die Arbeit zuwies, hatte Maigret ein kleines, fröhliches, fast wildes Funkeln in den Augen gehabt; er hatte sie im Haus ein wenig so losgelassen, als habe er eine Meute auf eine frische Spur gehetzt und sie angestachelt, nicht mit Worten, sondern mit seinem ganzen Verhalten.

War es eine persönliche Angelegenheit zwischen ihm und Guillaume Serre geworden? Genauer gefragt: Hätten sich die Ereignisse auf die gleiche Weise abgespielt, hätte Maigret die gleiche Entscheidung im gleichen Moment getroffen, wenn der Mann aus der Rue de la Ferme nicht schwerer als er gewesen wäre, körperlich und psychisch?

Er schien von Anfang an darauf gebrannt zu haben, sich mit ihm zu messen.

Bei anderen Gelegenheiten hätte man ihm alle möglichen Beweggründe unterstellen und sich fragen können, ob er nicht ein mehr oder minder perverses Vergnügen daran fand, im Haus das Unterste zuoberst zu kehren.

Sie hatten selten Gelegenheit, in einem Heim wie diesem zu arbeiten, wo alles friedlich und harmonisch, von einer dumpfen Harmonie in Moll war, wo der älteste Krimskrams nicht lächerlich anmutete und wo man nach stundenlangem hartnäckigem Suchen nicht eine einzige verdächtige Kleinigkeit aufgespürt hatte.

Als um drei Uhr vierzig seine Worte gefallen waren, war noch immer nichts gefunden worden. Eine gewisse Verlegenheit herrschte bei den an der Durchsuchung Beteiligten, die schon damit rechneten, daß sich der Chef mit einer Entschuldigung zurückzog.

Was hatte für Maigret den Ausschlag gegeben? Wußte er es selbst? Janvier ging sogar so weit, ihn zu verdächtigen, zuviele Aperitifs getrunken zu haben, als Maigret gegen ein Uhr auf der Terrasse des Bistros gegenüber einen Bissen essen gegangen war. Als er wiedergekommen war, hatte sein Atem tatsächlich merklich nach Pernod gerochen.

Eugénie hatte nicht den Tisch für ihre Herrschaft gedeckt. Mehrmals war sie gekommen und hatte bald der alten Madame Serre, bald dem Zahnarzt etwas ins Ohr geflüstert. Zu einer bestimmten Zeit hatte man die Mutter im Stehen in der Küche essen sehen, wie in einem Haus, in dem man beim Umzug ist, und kurz darauf hatte die Hausgehilfin Guillaume, der sich weigerte, nach unten zu kommen, ein belegtes Brot und eine Tasse Kaffee hinaufgebracht.

Man nahm sich dann den Dachboden vor. Das war der intimste Teil des Hauses, intimer als die Schlafzimmer und die Wäscheschränke.

Er war geräumig und erhielt sein Licht durch Dachluken, die zwei große leuchtende Rechtecke auf den grau wirkenden Fußboden warfen. Janvier hatte zwei lederne Gewehrfutterale geöffnet, und einer der Männer vom Erkennungsdienst hatte die Waffen untersucht.

»Gehören die Ihnen?«

»Sie gehörten meinem Schwiegervater. Ich bin nie auf die Jagd gegangen.«

Eine Stunde zuvor war in Guillaumes Zimmer ein Revolver gefunden und untersucht worden. Maigret hatte ihn zu dem Stapel von Gegenständen gelegt, die zur weiteren Überprüfung mitgenommen werden sollten.

Dieser Stapel enthielt alles mögliche, einschließlich der Kartei des Zahnarztes und der in einem Vertiko im Schlafzimmer der alten Dame entdeckten Sterbeurkunden ihres Mannes und ihrer ersten Schwiegertochter.

Man sah auch einen Anzug dabei, an dessen Rockärmel Janvier einen kleinen Riß bemerkt hatte und von dem Guillaume Serre behauptete, er habe den Anzug seit ungefähr zehn Tagen nicht mehr getragen.

Man irrte zwischen den alten Koffern, den Kisten, den wackligen Möbeln herum, die auf den Speicher geschafft worden waren, weil sie nicht mehr benutzt werden konnten. In einer Ecke fand sich ein altmodisches Kinderstühlchen mit bunten Kugeln beiderseits der Tischplatte und auch ein Schaukelpferd ohne Schwanz und ohne Mähne.

Man hatte das Unternehmen zur Mittagszeit nicht unterbrochen. Die Männer waren der Reihe nach etwas essen gegangen, und Moers hatte sich mit einem belegten Brot begnügt, das der Fotograf ihm mitgebracht hatte.

Gegen zwei Uhr war Maigret von seinem Büro aus angerufen worden. Man hatte ihm mitgeteilt, daß gerade ein ziemlich dicker Brief per Luftpost aus Holland eingetroffen war. Er ließ ihn öffnen. Es waren Marias auf holländisch geschriebene Briefe.

»Laßt einen Übersetzer kommen und setzt ihn an die Arbeit.«

»Hier?«

»Ja. Er soll warten bis ich wiederkomme.«

Das Verhalten Guillaume Serres war unverändert geblieben. Er folgte ihnen, ließ sich nichts von dem, was sie taten, keine ihrer Bewegungen entgehen, doch nicht einen Augenblick lang sah er bestürzt aus.

Er hatte eine eigentümliche Art, Maigret zu betrachten, und man erkannte deutlich, daß für ihn die übrigen nicht zählten. Es war tatsächlich eine Auseinandersetzung zwischen zwei Männern. Die Inspektoren waren nur Komparsen. Selbst die Kriminalpolizei existierte nicht. Der Kampf war eher persönlich. Und an den Augen des Zahnarztes las man ein schwer in Worte zu fassendes Gefühl ab, so etwas wie einen Vorwurf oder Verachtung.

Auf alle Fälle ließ er sich durch dieses Unternehmen großen Stils nicht beeindrucken. Er protestierte nicht mehr, nahm dieses Eindringen in sein Domizil und sein Privatleben mit hochmütiger Resignation hin, ohne daß es möglich gewesen wäre, bei ihm auch nur das leiseste Anzeichen von Angst zu erkennen.

War dieser Mann ein Waschlappen? Ein Hartgesottener? Beide Hypothesen waren gleichermaßen einleuchtend. Sein Körper war der eines Ringers, seine Haltung die eines selbstbewußten Mannes, und trotzdem schien der Ausspruch Marias, die ihn mit einem großen Kind verglich, nicht von der Hand zu weisen. Seine Haut war blaß, ungesund. In einer Schublade hatte man einen Haufen zu mehreren Stapeln zusammengehefteter Rezepte gefunden, einige schon zwanzig Jahre alt. Die Krankheitsgeschichte der Familie mußte sich anhand dieser Rezepte, von denen manche schon vergilbt waren, rekonstruieren lassen können. Im Badezimmer in der ersten Etage stand auch ein weißgestrichener kleiner Schrank mit Medizinfläschchen und neuen und alten Pillenschachteln.

Hier wurde nichts weggeworfen, nicht einmal die

alten Besen, die in einer Ecke des Speichers auf einem Haufen lagen neben schiefgetretenen Schuhen, deren Leder hart geworden war und die nie wieder getragen wurden.

Jedesmal, wenn man ein Zimmer verließ, um sich an ein anderes heranzuwagen, warf Janvier seinem Chef einen Blick zu, der besagte:

»Noch immer nichts!«

Denn Janvier rechnete immer noch mit einer Entdeckung. Erwartete Maigret ganz im Gegenteil, daß nichts gefunden wurde? Er war nicht verwundert darüber, sah seinen Leuten zu, rauchte mit gemächlichen Zügen seine Pfeife und vergaß manchmal eine volle Viertelstunde lang, dem Zahnarzt einen Blick zuzuwerfen. Man erfuhr seinen Entschluß auf indirekte Weise, und das verlieh ihm einen noch verblüffenderen Effekt.

Alle stiegen vom Speicher herunter, wo Guillaume Serre die beiden Dachluken wieder geschlossen hatte. Die Mutter war aus ihrem Schlafzimmer getreten, um sie das Haus verlassen zu sehen. Sie standen in einigem Durcheinander auf dem Treppenabsatz herum.

Maigret hatte sich zu Serre gewandt und gesagt, als ob es das Natürlichste von der Welt sei:

»Würden Sie sich eine Krawatte umbinden und Schuhe anziehen?«

Seit dem Morgen lief der Mann noch immer in Pantoffeln herum.

Serre hatte verstanden, hatte ihn angesehen, ohne jeden Zweifel überrascht, aber sich nicht das mindeste anmerken lassen. Seine Mutter hatte den Mund aufgemacht, um etwas zu sagen, um zu protestieren oder Erklärungen zu verlangen, und Guillaume hatte ihren Arm ergriffen und sie in sein Schlafzimmer gezogen.

Janvier hatte ganz leise gefragt:

»Nehmen Sie ihn fest?«

Maigret hatte nicht darauf geantwortet. Er wußte es selber nicht. Um die Wahrheit zu sagen: diese Entscheidung hatte er gerade eben erst hier auf dem Treppenabsatz getroffen.

»Kommen Sie herein, Monsieur Serre. Wollen Sie bitte Platz nehmen?«

Die Uhr auf dem Kamin zeigte vier Uhr fünfundzwanzig. Es war Samstag. Erst am starken Straßenverkehr hatte Maigret es gemerkt, als sie im Wagen die Stadt durchquerten.

Der Kommissar schloß die Tür wieder. Die Fenster standen offen, und die Papiere auf dem Schreibtisch raschelten unter den Gegenständen, die sie am Davonfliegen hinderten.

»Ich habe Sie gebeten, sich zu setzen!«

Er selbst trat in die Garderobennische, um seinen Hut und sein Jackett aufzuhängen und sich die Hände in dem Emaillebecken zu waschen.

Zehn Minuten lang richtete er kein Wort an den Zahnarzt, während er damit beschäftigt war, Akten zu unterzeichnen. Er klingelte nach Joseph, übergab ihm den Aktenstoß und stopfte dann mit langsamen, sorgfältigen Bewegungen das halbe Dutzend Pfeifen, die vor ihm aufgereiht waren.

Es kam selten vor, daß jemand in Serres Lage so lange durchhielt, ohne Fragen zu stellen, ohne nervös zu werden, ohne abwechselnd ein Bein über das andere zu schlagen.

Endlich wurde an die Tür geklopft. Es war der Fotograf, der während des ganzen Tages dabeigewesen war und den Maigret mit einem Sonderauftrag betraut hatte. Er übergab dem Kommissar den noch feuchten Abzug eines Dokuments.

»Danke, Dambois. Sie bleiben oben. Gehen Sie nicht weg, ohne mir Bescheid zu sagen.«

Er wartete, bis sich die Tür wieder geschlossen hatte, und zündete sich dann eine der Pfeifen an.

»Würden Sie mit Ihrem Stuhl näher heranrücken, Monsieur Serre?«

Sie saßen einander genau gegenüber, getrennt durch den breiten Schreibtisch, über den hinweg Maigret das Dokument reichte, das er in der Hand hielt.

Er tat das, ohne etwas dabei zu sagen. Der Zahnarzt nahm das Blatt entgegen, holte eine Brille aus der Tasche, las es aufmerksam und legte es auf den Schreibtisch.

»Ich bin ganz Ohr.«

»Ich habe nichts zu sagen.«

Die Fotografie zeigte eine Seite aus dem Geschäftsbuch des Eisenwarenhändlers, diejenige, auf welcher der Verkauf der zweiten Fensterscheibe und des zweiten halben Pfundes Kitt eingetragen war.

»Sie sind sich klar darüber, was das bedeutet?«

»Muß ich das so verstehen, daß ich unter Anklage gestellt bin?«

Maigret zögerte.

»Nein«, entschied er. »Offiziell sind Sie als Zeuge vorgeladen. Wenn Sie es jedoch wünschen, bin ich bereit, Sie unter Anklage zu stellen, genauer gesagt: den Staatsanwalt zu ersuchen, Sie unter Anklage zu stellen, was Ihnen ermöglichen würde, sich von einem Anwalt beraten zu lassen.«

»Ich habe Ihnen bereits gesagt, daß ich keinen Anwalt wünsche.«

Das war erst das Vorgeplänkel. Zwei Schwergewichtler waren dabei, sich zu beobachten, sich mit Blicken zu messen, einander abzutasten in diesem Büro, das zu einer Art Boxring wurde. Im Inspektorenzimmer, wo Janvier seinen Kollegen gerade über die jüngsten Ereignisse berichtet hatte, war es still geworden.

»Ich glaube, das wird lange dauern!« hatte er zu ihnen gesagt. »Der Chef kennt da kein Erbarmen!«

Sie wußten alle, was das bedeutete, und Janvier war der erste, der seine Frau anrief, um ihr zu sagen, sie solle nicht erstaunt sein, wenn er die ganze Nacht nicht nach Hause käme.

»Sie sind herzkrank, Monsieur Serre?«

»Ich leide an Herzerweiterung, wie Sie wahrscheinlich auch.«

»Ihr Vater ist an einer Herzkrankheit gestorben, als Sie siebzehn waren, nicht wahr?«

»Siebzehneinhalb.«

»Ihre erste Frau ist infolge einer Herzerkrankung verstorben. Ihre zweite Frau war ebenfalls herzkrank.«

»Nach den Statistiken erleiden ungefähr dreißig Prozent der Menschen den Tod durch Herzversagen.«

»Haben Sie eine Lebensversicherung abgeschlossen, Monsieur Serre?«

»Seit meiner Kindheit.«

»Ach ja, ich habe die Police vorhin gesehen. Ihre Mutter ist, wenn ich mich recht erinnere, nicht versichert.«

»Das stimmt.«

»Ihr Vater war es?«

»Ich glaube.«

»Ihre erste Frau auch?«

»Ich habe Sie die Unterlagen mitnehmen sehen.«

»Und Ihre zweite Frau?«

»Das ist nichts Ungewöhnliches.«

»Ungewöhnlich ist es doch aber, eine Summe von mehreren Millionen Bargeld und Gold in einem Geldschrank aufzubewahren.«

»Meinen Sie?«

»Würden Sie mir sagen, warum Sie dieses Geld bei sich zu Hause behalten, wo es keine Zinsen bringt?«

»Ich nehme an, daß in der heutigen Zeit Tausende von Leuten in derselben Lage sind wie ich. Sie vergessen die Währungsgesetze, die mehrfach eine Panik ausgelöst haben, die Sondersteuern und die schleichende Geldentwertung . . .«

»Ich verstehe. Sie geben also zu, daß Sie beabsichtigten, diese Gelder zu verstecken und Steuern zu hinterziehen?«

Serre schwieg.

»Wußte Ihre Frau – ich spreche von der zweiten, von Maria –, daß dieses Geld in Ihrem Panzerschrank lag?«

»Sie wußte es.«

»Hatten Sie es ihr gesagt?«

»Ihr eigenes Geld befand sich noch vor wenigen Tagen ebenfalls darin.«

Er nahm sich Zeit, ehe er antwortete; er wog seine Worte, ließ sie eins nach dem anderen fallen und sah dabei den Kommissar ernst an.

»Ich habe keinen Ehevertrag unter Ihren Papieren gefunden. Muß ich daraus schließen, daß Sie bei der Heirat Gütergemeinschaft vereinbart hatten?«

»Das ist richtig.«

»Ist das nicht überraschend angesichts Ihrer beider Alter?«

»Es geschah aus dem schon erwähnten Grunde. Ein Vertrag hätte uns auferlegt, ein Inventar unseres beiderseitigen Besitzes zu erstellen.«

»Die Gütergemeinschaft blieb also fiktiv?«

»Wir behielten jeder die Verfügung über unser Vermögen.«

War das alles nicht ziemlich einleuchtend?

»War Ihre Frau reich?«

»Sie ist reich.«

»Ebenso reich wie Sie oder reicher?«

»Ungefähr genauso.«

»Befindet sich ihr gesamtes Vermögen in Frankreich?«

»Nur zum Teil. Sie hat von ihrem Vater einen Anteil an einer Käsefabrik in Holland geerbt.«

»In welcher Form hat sie ihren sonstigen Besitz angelegt?«

»Hauptsächlich in Gold.«

»Schon bevor sie Sie kennenlernte?«

»Ich merke, worauf Sie hinauswollen. Dennoch werde ich Ihnen wahrheitsgemäß antworten. Ich selbst habe ihr geraten, ihre Wertpapiere zu verkaufen und Gold zu kaufen.«

»Dieses Gold befand sich zusammen mit dem Ihnen gehörenden in Ihrem Geldschrank?«

»Es befand sich darin.«

»Bis wann?«

»Bis Dienstag. Am frühen Nachmittag, als ihre Koffer fast fertig gepackt waren, habe ich ihr ausgehändigt, was ihr gehörte.«

»Diese Summe war dann also zum Zeitpunkt ihrer Abreise in einem der beiden Handkoffer oder in dem großen Koffer?«

»Vermutlich.«

»Sie hat vor dem Abendessen das Haus nicht verlassen?«

»Ich habe sie nicht aus dem Haus gehen hören.«

»Demnach ist sie Ihres Wissens nicht weggegangen?«

Er nickte.

»Hat sie telefoniert?«

»Der einzige Telefonapparat im Hause steht im Arbeitszimmer, und sie hat ihn nicht benutzt.«

»Wie kann ich wissen, Monsieur Serre, ob das Geld, das ich im Geldschrank gefunden habe, nur *Ihr* Geld ist und nicht das Ihre *und* das Ihrer Frau?«

Gelassen, mit dem gleichbleibenden Ausdruck von Überdruß oder Geringschätzung im Gesicht, holte der Zahnarzt ein grünes Notizbuch aus der Tasche und reichte es dem Kommissar. Die Seiten waren mit winzigen Ziffern vollgeschrieben. Über den Zahlen links stand der Buchstabe W, über der rechten Kolonne ein M.

»Was bedeutet das ›W‹?«

»›Wir‹. Das heißt, meine Mutter und ich. Wir haben seit jeher eine gemeinsame Kasse gehabt, ohne einen Unterschied zu machen zwischen dem, was mir gehört, und dem, was ihr gehört.«

»Das ›M‹ hier steht dann wohl für Maria?«

»Ganz recht.«

»Ich sehe eine bestimmte Zahl, die in regelmäßigen Abständen wiederkehrt.«

»Ihr Anteil an den Haushaltskosten.«

»Sie hat Ihnen allmonatlich ein Kostgeld gezahlt?«

»Wenn Sie es so nennen wollen. In Wirklichkeit hat sie mir kein Geld gegeben, denn das lag ja im Geldschrank, sondern ihr Konto wurde mit dem betreffenden Betrag belastet.«

Maigret blätterte einige Minuten lang wortlos in dem Notizbuch, dann stand er auf und ging in das angrenzende Büro hinüber, wo die Inspektoren wie Kinder in der Schule sofort ungeheure Geschäftigkeit an den Tag legten.

Er gab mit leiser Stimme Janvier Instruktionen, war sich unschlüssig, ob er sich Bier heraufkommen lassen sollte, und trank fast mechanisch das Glas aus, das auf Vachers Schreibtisch stand.

Als er zurückkam, hatte Serre, ohne sich von seinem Platz gerührt zu haben, gerade eine seiner langen Zigarren angesteckt und murmelte mit einer gewissen Anmaßung:

»Sie erlauben doch?«

Maigret überlegte kurz, ob er nicht nein sagen sollte, zuckte dann aber nur die Achseln.

»Haben Sie mal über diese zweite Fensterscheibe nachgedacht, Monsieur Serre?«

»Ich habe mir keine Gedanken darüber gemacht.«

»Das war falsch. Es wäre weit besser, wenn Sie eine einleuchtende Erklärung fänden.«

»Ich suche keine.«

»Sie bleiben bei Ihrer Behauptung, Sie hätten nur einmal die Fensterscheibe in Ihrem Arbeitszimmer ersetzt?«

»Am Tag nach dem Gewitter.«

»Möchten Sie, daß wir uns vom Wetterdienst bestätigen lassen, daß es in Neuilly in der Nacht von Dienstag auf Mittwoch kein Gewitter gegeben hat?«

»Das ist überflüssig. Es sei denn, es mache Ihnen besonderen Spaß. Ich meine das Gewitter in der vergangenen Woche.«

»Sie sind am nächsten Tag in das Eisenwarengeschäft in der Rue de Longchamp gegangen und haben Fensterglas und Kitt gekauft.«

»Das habe ich Ihnen bereits gesagt.«

»Sie versichern, daß Sie seither diesen Laden nicht wieder betreten haben?«

Er schob ihm das Foto der Geschäftsbuchseite hin.

»Warum hat man sich nach Ihrer Meinung die

Mühe gemacht, diesen Kauf von Scheibe und Kitt ein zweites Mal in das Buch einzutragen?«

»Ich weiß es nicht.«

»Aus welchem Grund erklärt der Händler, Sie seien am Mittwochmorgen gegen acht in sein Geschäft gekommen?«

»Das ist seine Sache.«

»Wann haben Sie Ihren Wagen zuletzt benutzt?«

»Am vergangenen Sonntag.«

»Wo sind Sie hingefahren?«

»Wir sind zwei oder drei Stunden spazierengefahren, meine Mutter und ich, wie wir es gewöhnlich sonntags tun.«

»In welche Richtung?«

»Zum Wald von Fontainebleau.«

»Hat Ihre Frau Sie begleitet?«

»Nein. Sie fühlte sich nicht wohl.«

»War die Trennung schon beschlossen?«

»Es ist nie von Trennung die Rede gewesen. Sie war erschöpft und deprimiert. Sie verstand sich nicht immer mit meiner Mutter. In beiderseitigem Einverständnis haben wir beschlossen, daß sie einige Wochen oder Monate in ihrer Heimat verbringen sollte.«

»Sie hat trotzdem ihr Geld mitgenommen?«

»Ja. Weil immerhin die Möglichkeit bestand, daß sie nicht mehr zurückkehrte. Wir sind keine Kinder mehr. Wir sind fähig, das Leben gelassen zu betrachten. Es ist eine Art Experiment, das wir da machen.«

»Sagen Sie, Monsieur Serre, bei der Reise nach Amsterdam muß man zwei Grenzen überqueren, nicht wahr? Die französischen Zollbeamten sind bei der Ausreise ziemlich strikt in Fragen der Kapitalausfuhr. Befürchtete Ihre Frau nicht, daß ihr Gold entdeckt und beschlagnahmt wurde?«

»Muß ich das beantworten?«

»Ich glaube, es liegt in Ihrem eigenen Interesse.«

»Selbst wenn ich ein Verfahren riskiere?«

»Es wird wahrscheinlich weniger schlimm sein als eine Anklage wegen Mordes.«

»Sehr gut. Einer der Handkoffer meiner Frau war mit einem doppelten Boden ausgestattet.«

»Eigens für diese Reise?«

»Nein.«

»Hatte sie schon Gelegenheit gehabt, ihn zu benutzen?«

»Mehrmals.«

»Um die Grenze zu überschreiten?«

»Die belgische Grenze und einmal auch die Grenze zur Schweiz. Sie wissen zweifellos, daß es bis in die jüngste Zeit leicht und weniger kostspielig war, sich Gold in Belgien und besonders in der Schweiz zu beschaffen.«

»Sie geben Ihre Beihilfe an diesen Kapitalientransfers zu?«

»Ich gebe sie zu.«

Maigret erhob sich und betrat erneut das Büro der Inspektoren.

»Kannst du einen Augenblick herüberkommen, Janvier?«

Dann, zu Serre:

»Mein Inspektor wird diesen Teil unserer Unterhaltung zu Protokoll nehmen. Würden Sie ihm bitte genau wiederholen, was Sie mir eben mitgeteilt haben. Du läßt ihn seine Aussage unterschreiben, Janvier!«

Er ging hinaus und ließ sich von Vacher das Büro zeigen, wo man den Übersetzer hingesetzt hatte. Es war ein bebrilltes Männchen, das seine Übersetzung direkt in die Maschine tippte und manchmal innehielt, um in einem Wörterbuch etwas nachzuschlagen.

Es waren mindestens vierzig Briefe, von denen die meisten mehrere Blätter umfaßten.

»Womit haben Sie angefangen?«

»Ganz von vorn. Ich bin beim dritten Brief. Alle drei sind vor etwas mehr als zweieinhalb Jahren geschrieben worden. Im ersten berichtet sie ihrer Freundin, daß sie bald heiraten werde, daß ihr künftiger Gatte ein vornehmer Mann von gutem Aussehen sei, der dem französischen Großbürgertum angehöre, und daß seine Mutter irgendeinem Gemälde im Louvre – ich weiß nicht mehr, welchem – gliche. Ich kann Ihnen den Namen des Malers sagen.«

Er blätterte in seinen Papieren.

»Clouet. In diesen Briefen ist immer von Malerei die Rede. Wenn sie das gerade herrschende Wetter beschreibt, bezieht sie sich auf Monet oder Renoir.«

»Ich möchte jetzt lieber, daß Sie sich die letzten Briefe vornehmen!«

»Wie Sie wollen. Wissen Sie, daß ich, selbst wenn ich die ganze Nacht daran sitze, morgen früh noch nicht fertig bin?«

»Aus diesem Grund bitte ich Sie ja auch, von hinten anzufangen. Von wann ist der letzte Brief?«

»Vom letzten Sonntag.«

»Können Sie ihn mir rasch vorlesen?«

»Ich kann Ihnen einen Begriff vermitteln. Warten Sie!

*Geliebte Gertrude,*

*Paris ist noch nie so strahlend gewesen wie heute morgen, und beinahe hätte ich G. . . und seine Mutter in den Wald von Fontainebleau begleitet, der sich mit allen leuchtenden Farben eines Corot und eines Courbet geschmückt haben muß . . .*

»Folgt noch viel über diese leuchtenden Farben?«

»Soll ich das überspringen?«

»Lassen Sie es weg.«

Der Übersetzer überflog den Brief mit den Augen und bewegte die Lippen wie in der Kirche.

»Hier haben wir's:

*Ich bin neugierig, welchen Eindruck das Wiedersehen mit unserem Holland und seinen Pastelltönen auf mich machen wird, und jetzt, wo der Augenblick heranrückt, fühle ich mich verzagt.*

*Nach all dem, was ich Dir über mein Leben hier, über G. . . und meine Schwiegermutter geschrieben habe, mußt Du Dich fragen, was mit mir los ist und warum ich nicht mehr lustig bin.*

*Vielleicht ist ein Traum schuld, den ich vergangene Nacht gehabt habe und der mir den ganzen Tag verdorben hat. Du erinnerst Dich doch des kleinen Bildes, das im Museum in Den Haag hängt und vor dem wir errötet sind? Es ist nicht signiert. Es wird einem Maler der Florentiner Schule zugeschrieben, dessen Namen ich vergessen habe, und stellt einen Faun dar, der auf seinen Schultern eine splitternackte Frau davonträgt, die sich sträubt. Weißt Du noch?*

*Der Faun sah in meinem Traum genauso aus wie G. . ., und seine Miene war derart grausam, daß ich zitternd und in Schweiß gebadet aufgewacht bin.*

*Kein Angstgefühl, das ist das Seltsamste dabei. Ich erinnere mich nur noch schwach. Bestimmt spielte Angst eine Rolle, aber auch ein anderes Gefühl. Ich werde versuchen, es Dir am Mittwoch zu schildern, wenn wir endlich wieder schwatzen können, wie wir es so ausführlich bei Deiner letzten Reise getan haben.*

*Ich reise Dienstagabend ab, soviel steht fest. Daran gibt es gar keinen Zweifel. Das macht nur noch zwei Tage, die ich warten muß. Ich habe in dieser Zeit noch einen Haufen Dinge zu erledigen. Die Zeit wird also schnell herumgehen. Trotzdem kommt mir alles noch weit entfernt und fast unwirklich vor.*

*Manchmal meine ich, besonders nach diesem Traum, ein Ereignis könnte eintreten, das mich an der Abreise hindert.*

*Hab keine Angst. Mein Entschluß ist gefaßt. Ich befolge Deinen Rat. Ich kann das Leben hier nicht länger ertragen. Aber . . .*

»Sind Sie da, Chef?«

Es war Janvier mit beschriebenen Papierbogen in der Hand.

»Wir sind fertig. Er wartet auf Sie.«

Maigret nahm die Blätter, ließ den Übersetzer bei seiner Arbeit zurück und durchquerte nachdenklich das Inspektorenzimmer. Niemand sah in diesem Augenblick voraus, wie lange das Verhör noch dauern würde. Guillaume Serre blickte zu dem Kommissar auf und nahm von sich aus einen Federhalter vom Schreibtisch.

»Ich muß vermutlich unterschreiben?«

»Hier. Ja. Haben Sie es durchgelesen?«

»Ich habe es gelesen. Dürfte ich Sie um ein Glas Wasser bitten?«

»Möchten Sie nicht lieber Rotwein haben?«

Der Zahnarzt blickte ihn an und zeigte den Anflug eines undefinierbaren Lächelns, voller Ironie und Bitterkeit.

»Das auch?« fragte er mit zusammengepreßten Lippen.

»Das auch, Monsieur Serre. Sie haben solche Angst vor Ihrer Mutter, daß Sie gezwungen sind, heimlich zu trinken.«

»Ist das eine Frage? Muß ich darauf antworten?«

»Wenn Sie Wert darauf legen.«

»Sie müssen wissen, daß mein Großvater mütterlicherseits Trinker war, daß ihre beiden inzwischen verstorbenen Brüder es ebenfalls waren und daß ihre Schwester ihr Leben in einer Nervenheilanstalt beschlossen hat. Meine Mutter hat in der ständigen Angst gelebt, ich könnte ebenfalls zu trinken anfangen, denn sie weigert sich, zu glauben, daß diese Neigung nicht erblich ist. Als ich Student war, wartete sie immer voll Sorge, daß ich heimkam, und es ist vorgekommen, daß sie um die Cafés am Boulevard Saint-Michel herumstrich, wo ich mit meinen Freunden saß. Es ist nie ein Tropfen Alkohol im Hause gewesen, und wenn sich mal Wein im Keller befindet, trägt sie aus Gewohnheit den Schlüssel immer bei sich.«

»Sie erlaubt Ihnen ein Glas mit Wasser verdünnten Wein bei jeder Mahlzeit, nicht wahr?«

»Ich weiß, daß sie Sie aufgesucht und mit Ihnen gesprochen hat.«

»Hat sie Ihnen berichtet, was sie mir gesagt hat?«

»Ja.«

»Sie hängen sehr an Ihrer Mutter, Monsieur Serre?«

»Wir haben fast immer allein gelebt, sie und ich.«

»Ein bißchen wie ein Ehepaar?«

Er wurde leicht rot.

»Ich weiß nicht, was Sie damit sagen wollen.«

»Ist Ihre Mutter eifersüchtig?«

»Wie bitte?«

»Ich frage Sie, ob Ihre Mutter, wie das bei einer Witwe mit einem einzigen Sohn öfter vorkommt, auf Ihre Bekannten eifersüchtig ist. Haben Sie viele Freunde?«

»Steht das in einem Zusammenhang mit dem sogenannten Verschwinden meiner Frau?«

»Ich habe in Ihrem Haus nicht einen einzigen Brief von einem Freund gefunden, kein einziges Gruppenbild, wie es die meisten Leute besitzen.«

Er sagte nichts.

»Es fand sich auch keine Aufnahme von Ihrer ersten Frau.«

Immer noch Schweigen.

»Ein weiteres Detail hat mich erstaunt, Monsieur Serre. Das Porträt, das über dem Kamin hängt, zeigt doch Ihren Großvater mütterlicherseits?«

»Ja.«

»Den, der trank?«

Zustimmendes Nicken.

»In einer Schublade sind mir eine Reihe von Fotos von Ihnen als Kind und jungem Mann in die Hand gefallen, ferner Bilder von Frauen und Männern, bei denen es sich um Ihre Großmutter, Ihre Tante und Ihre Onkel handeln muß. Sämtlich Verwandte von seiten Ihrer Mutter. Kommt es Ihnen nicht seltsam vor, daß nicht ein Bild Ihres Vaters oder von Angehörigen seiner Familie dabei ist?«

»Das war mir nie aufgefallen.«

»Sind sie nach dem Tod Ihres Vaters vernichtet worden?«

»Meine Mutter ist eher in der Lage als ich, diese Frage zu beantworten.«

»Sie erinnern sich nicht daran, daß sie vernichtet worden sind?«

»Ich war damals noch sehr jung.«

»Sie waren siebzehn. Was für ein Bild haben Sie sich von Ihrem Vater bewahrt, Monsieur Serre?«

»Gehört das zum Verhör?«

»Weder meine Fragen noch Ihre Antworten werden registriert, wie Sie sehen. Ihr Vater war Rechtsanwalt?«

»Ja.«

»Kümmerte er sich persönlich um seine Anwaltspraxis?«

»Ziemlich wenig. Sein Bürovorsteher erledigte den größten Teil der Arbeit.«

»Nahm er am gesellschaftlichen Leben teil? Lebte er ausschließlich für seine Familie?«

»Er ging viel aus.«

»Hatte er Mätressen?«

»Davon ist mir nichts bekannt.«

»Ist er in seinem Bett gestorben?«

»Auf der Treppe, auf dem Weg in sein Schlafzimmer.«

»Waren Sie zu Hause?«

»Ich war nicht da. Als ich heimkam, war er seit ungefähr zwei Stunden tot.«

»Wer hat ihn behandelt?«

»Dr. Dutilleux.«

»Lebt der noch?«

»Er ist vor mindestens zehn Jahren gestorben.«

»Waren Sie dabei, als Ihre erste Frau starb?«

Er runzelte seine dichten Brauen, während er Maigret starr ansah. Seine Unterlippe schob sich vor, als empfinde er Ekel.

»Antworten Sie bitte.«

»Ich war im Hause.«

»In welchem Teil des Hauses?«

»In meinem Arbeitszimmer.«

»Wie spät war es?«

»Gegen neun Uhr abends.«

»Ihre Frau hielt sich in ihrem Schlafzimmer auf?«

»Sie war früh nach oben gegangen. Sie fühlte sich unwohl.«

»Fühlte sie sich schon länger nicht wohl?«

»Das weiß ich nicht mehr.«

»War Ihre Mutter bei ihr?«

»Sie war auch in der ersten Etage.«

»Bei ihr?«

»Das weiß ich nicht.«

»Hat Ihre Mutter Sie gerufen?«

»Ich glaube, ja.«

»Als Sie in das Schlafzimmer kamen, war da Ihre Frau tot?«

»Nein.«

»Ist sie erst viel später gestorben?«

»Fünfzehn oder zwanzig Minuten danach. Der Arzt schellte gerade an der Haustür.«

»Welcher Arzt?«

»Dutilleux.«

»War er Ihr Hausarzt?«

»Er behandelte mich schon, als ich noch klein war.«

»Ein Freund Ihres Vaters?«

»Meiner Mutter.«

»Hat er Kinder?«

»Zwei oder drei.«

»Haben Sie sie aus den Augen verloren?«

»Ich habe sie nicht persönlich gekannt.«

»Warum haben Sie keine Anzeige erstattet, daß versucht worden war, Ihren Safe aufzubrechen?«

»Ich hatte keinen Grund, bei der Polizei eine Anzeige zu erstatten.«

»Was haben Sie mit dem Werkzeug angefangen?«

»Welchem Werkzeug?«

»Das der Einbrecher bei der Flucht an Ort und Stelle zurückgelassen hat.«

»Ich habe weder Werkzeug noch einen Einbrecher gesehen.«

»Sie haben Ihren Wagen in der Nacht vom Dienstag zum Mittwoch nicht benutzt?«

»Ich habe ihn nicht benutzt.«

»Sie wissen nicht, ob jemand anders mit ihm gefahren ist?«

»Ich habe seither keine Veranlassung gehabt, die Garage zu betreten.«

»Als Sie Ihren Wagen dort am vergangenen Sonntag eingestellt haben, waren da Kratzer hinten im Kofferraum und auf dem rechten Kotflügel?«

»Ich habe nichts bemerkt.«

»Sind Sie unterwegs ausgestiegen?«

Einen Augenblick lang blieb er stumm.

»Ich habe Ihnen eine Frage gestellt.«

»Ich versuche, mich zu erinnern.«

»Das dürfte doch nicht weiter schwer sein. Sie sind die Landstraße nach Fontainebleau entlanggefahren. Haben Sie das Auto verlassen?«

»Ja. Wir sind durch die Felder gegangen.«

»Sie wollen sagen: über einen Feldweg?«

»Einen kleinen Weg, der durch die Wiesen führt, rechts von der Straße.«

»Könnten Sie diesen Weg wiederfinden?«

»Ich glaube, ja.«

»Wo ist Ihre Frau, Monsieur Serre?«

Der Kommissar erhob sich, ohne eine Antwort abzuwarten.

»Es ist dringend nötig, daß wir sie wiederfinden, nicht wahr?«

## 7

## *Man sieht eine Frau, später noch eine zweite, im Wartezimmer, und eine von ihnen gibt Maigret ein Zeichen, so zu tun, als kenne er sie nicht*

Gegen fünf Uhr war Maigret schon einmal kurz aufgestanden, um die Verbindungstür zwischen seinem Büro und dem der Inspektoren aufzumachen, und hatte dabei Janvier zugezwinkert. Kurz danach hatte er sich abermals erhoben und trotz der Hitze wegen des Lärms draußen das Fenster geschlossen.

Um zehn vor sechs ging er, sein Jackett in der Hand, in das Büro nebenan hinüber.

»Du bist dran!« sagte er zu Janvier.

Janvier und seine Kollegen hatten seit langem begriffen, um was es ging. Schon als in der Rue de la Ferme der Kommissar Serre aufgefordert hatte, mit ihm zu kommen, war Janvier so gut wie sicher gewesen, daß Serre den Quai des Orfèvres so bald nicht wieder verlassen würde. Was ihn wunderte, war, daß sein Chef seine Entscheidung so unvermittelt getroffen hatte, ohne abzuwarten, bis er alle Fäden in der Hand hielt.

»Sie ist im Vorzimmer«, flüsterte er.

»Wer?«

»Die Mutter!«

Maigret postierte hinter der Tür einen jungen Inspektor namens Marlieux, der stenografieren konnte.

»Die gleichen Fragen?« wollte Janvier wissen.

»Die gleichen. Und alle, die dir gerade einfallen.«

Es ging darum, den Zahnarzt mürbe zu machen. Die anderen lösten sich ab, gingen eine Tasse Kaffee oder ein Bier trinken, nahmen wieder Kontakt mit der Außenwelt auf, während Serre so lange, wie es erforderlich war, in demselben Büro, auf demselben Stuhl sitzenbleiben mußte.

Maigret begann mit einem Besuch bei dem Übersetzer, der sich inzwischen entschlossen hatte, Jackett und Krawatte abzulegen.

»Was berichtet sie denn so?«

»Ich habe die vier letzten Briefe übertragen. Hier im vorletzten ist ein Abschnitt, der Sie vielleicht interessiert.

*Alles ist entschieden, meine liebe Gertrude. Ich frage mich noch, wie das alles hat geschehen können. Trotzdem habe ich in der vergangenen Nacht nicht geträumt oder wenn doch, habe ich es vergessen.*

»Schreibt sie viel von Ihren Träumen?«

»Ja. Davon ist oft die Rede. Und sie deutet sie.«

»Lesen Sie weiter.«

*Du hast mich oft gefragt, was eigentlich los sei, und ich antwortete Dir, daß Du Dir umsonst Sorgen machtest und daß ich glücklich sei. In Wirklichkeit versuchte ich mir das nur einzureden.*

*Ich habe auf anständige Art und Weise zweieinhalb Jahre lang mein Möglichstes getan, um mir vorzustellen, ich sei in diesem Hause daheim und G . . . sei mein Ehemann.*

*Die Wahrheit, weißt du, sieht so aus, daß ich wußte, daß das alles nicht stimmte, daß ich immer eine Fremde geblieben bin und mich hier sehr viel weniger heimisch gefühlt habe als in der Familienpension, die Du kennst und in der wir so frohe Stunden verbracht haben.*

*Wie habe ich mich mit einem Mal dazu durchgerungen, die Dinge so zu sehen, wie sie sind?*

*Weißt du noch, was wir als Kinder taten? Es machte uns Spaß, alles, was wir sahen – die Leute, die Straßen, die Tiere –, mit den Abbildungen in unseren Bilderbüchern zu vergleichen. Wir wollten, daß das Leben aussah wie sie. Später dann, als wir begonnen hatten, die Museen zu besuchen, waren es die Gemälde, die wir als Gradmesser nahmen.*

*Ich habe hier dasselbe getan, aber ich habe es mit Absicht getan, ohne daran zu glauben. Heute morgen habe ich plötzlich das Haus gesehen, wie es wirklich ist; ich habe meine Schwiegermutter, ich habe G . . . mit neuen Augen ohne Illusionen betrachtet.*

*Ich hatte sie seit langem nicht mehr, diese Illusionen. Du mußt mich verstehen. Ich hatte sie nicht mehr, aber ich setzte es mir in den Kopf, mir welche zu bewahren.*

*Das ist vorbei. Ganz plötzlich habe ich beschlossen davonzufahren. Ich habe noch mit niemandem darüber gesprochen. Die alte Dame ahnt nichts. Sie zeigt sich mir gegenüber immer von der gleichen Seite, sanft und lächelnd, vorausgesetzt, daß ich alles tue, was sie will.*

*Sie ist die egoistischste Frau, die ich kenne.*

»Dieser Satz ist unterstrichen«, bemerkte der Übersetzer. »Soll ich fortfahren?«

*Was G . . . angeht, so frage ich mich, ob es für ihn nicht eine Erleichterung bedeutet, mich abreisen zu sehen. Er wußte von Anfang an, daß es nichts Gemeinsames zwischen uns gibt. Ich habe mich nie an seine Haut, an seinen Körpergeruch gewöhnen können. Verstehst Du jetzt, warum wir kein gemeinsames Schlafzimmer gehabt haben, worüber Du Dich anfangs so gewundert hast?*

*Nach zweieinhalb Jahren ist es noch genau so, als ob ich ihn gerade auf der Straße oder in der Métro kennengelernt hätte, und ich kriege jedesmal denselben Schreck, wenn er zu mir kommt. Glücklicherweise geschieht das nicht oft.*

*Ich glaube sogar, unter uns gesagt, daß er nur kommt, weil er glaubt, mir damit ein Vergnügen zu bereiten, oder weil er meint, es sei seine Pflicht.*

*Vielleicht fordert seine Mutter ihn dazu auf? Das ist durchaus möglich. Lach nicht. Ich weiß nicht, wie das mit Deinem Mann ist, aber bei G . . . ist es so, daß er das verdutzte Gesicht eines Schuljungen macht, der zur Strafe fünf Seiten abschreiben muß. Weißt Du, was ich meine?*

*Ich habe mir oft die Frage gestellt, ob es mit seiner*

*ersten Frau genauso gewesen ist. Möglich ist es schon. Es wäre ohne Zweifel dasselbe mit jeder Frau. Diese Leute, mußt Du wissen, ich spreche von Mutter und Sohn, bilden eine Welt für sich allein und brauchen niemand anders.*

*Man findet die Vorstellung absurd, daß die alte Dame früher einmal verheiratet war. Man spricht im Hause nie von ihrem Mann. Außer ihnen beiden gibt es auf der Welt für sie nur die Menschen, deren Porträts an den Wänden hängen, und Verstorbene, über die man sich unterhält, als seien sie lebendiger als alle Lebenden auf Erden.*

*Ich halte es nicht mehr aus, Gertrude. Ich werde gleich heute mit G . . . sprechen und ihm sagen, daß ich Heimatluft atmen muß. Er wird Verständnis haben. Für mich ist nur die Frage, wie er sich trauen will, mit seiner Mutter darüber zu sprechen . . .*

»Ist der Brief noch lang?« fragte Maigret.

»Noch sieben Seiten.«

»Übersetzen Sie weiter. Ich komme gleich wieder.«

An der Tür drehte er sich um.

»Wenn Sie Hunger oder Durst haben, rufen Sie die Brasserie Dauphine an. Lassen Sie sich kommen, was Sie wollen!«

»Ich danke Ihnen.«

Vom Gang aus sah er im »Glaskasten« die alte Madame Serre auf einem der mit grünem Samt überzogenen Stühle sitzen. Sie saß kerzengerade, die Hände im Schoß gefaltet. Als sie Maigret erblickte, machte sie Anstalten, sich zu erheben, aber er schritt, ohne stehenzubleiben, vorbei und steuerte auf das Treppenhaus zu.

Das Verhör hatte kaum seinen Anfang genommen, und trotzdem war es schon ein erstaunliches Gefühl, zu sehen, wie draußen im Sonnenschein das Leben weiterging, wie die Leute hin und her eilten, wie Taxis fuhren und Autobusse mit Männern, die auf der hinteren Plattform die Abendzeitung lasen.

»Rue Gay-Lussac!« sagte er zum Fahrer. »Ich sage Bescheid, wo Sie halten sollen.«

Die großen Bäume im Jardin du Luxembourg bogen sich in der abendlichen Brise, und alle Stühle waren besetzt; man sah viele Kleider in leuchtenden Farben. Einige Kinder spielten noch auf den Alleen im Park.

»Ist Maître Orin zu Hause?« fragte er die Concierge.

»Er ist schon über einen Monat nicht mehr heruntergekommen, der Ärmste!«

Maigret hatte sich plötzlich an den Rechtsanwalt erinnert. Er war wahrscheinlich der älteste Anwalt in ganz Paris. Der Kommissar wußte sein genaues Alter nicht, aber er hatte ihn nur alt und halb gelähmt gekannt, was ihn nicht hinderte, immer ein Lächeln zu zeigen und von den Frauen mit begehrlichen Blicken zu sprechen.

Er und ein Dienstmädchen, das fast ebenso alt war wie er, lebten in einer Junggesellenwohnung, die mit Büchern und Stichen, die er sammelte, vollgestopft war. Die Mehrzahl dieser Stiche zeigte galante Motive.

Orin saß in einem Lehnstuhl am offenen Fenster, eine Decke über die Knie gebreitet trotz der Hitze.

»Na, mein Sohn? Welch guter Wind weht Sie herein? Ich begann schon anzunehmen, daß sich keiner mehr meiner erinnert und daß man mich längst auf dem Père-Lachaise glaubt. Um was geht es diesmal?«

Er machte sich keine falschen Hoffnungen, und Maigret wurde ein wenig rot, denn er hatte den alten Anwalt tatsächlich nur selten besucht, ohne einen bestimmten Zweck damit zu verbinden.

»Ich habe mich vorhin gefragt, ob Sie nicht zufällig einen gewissen Serre gekannt haben, der, wenn ich mich nicht irre, vor zweiunddreißig oder dreiunddreißig Jahren gestorben ist.«

»Alain Serre?«

»Er war Anwalt.«

»Dann muß es Alain sein.«

»Was für ein Mensch war er?«

»Vermutlich habe ich nicht das Recht, zu erfahren, um was es sich handelt?«

»Um seinen Sohn.«

»Ich habe den jungen Mann nie gesehen. Ich wußte, daß es ihn gab, aber ich bin ihm nie begegnet. Sehen Sie, Maigret, Alain und ich gehörten einer fröhlichen Clique an, für die das Familienleben nicht der Weisheit letzter Schluß war. Man traf uns vor allem im Club und hinter den Kulissen der kleinen Theater, und wir kannten sämtliche Ballettmädchen mit Vornamen.«

Mit anzüglichem Lächeln fügte er hinzu:

»Wenn ich das so sagen soll!«

»Seine Frau haben Sie nicht gekannt?«

»Ich muß ihr vorgestellt worden sein. Hat sie nicht irgendwo in Neuilly gewohnt? Einige Jahre lang war

Alain wie vom Erdboden verschwunden. Er war nicht der erste, dem das passierte. Es gab sogar welche, die uns nach ihrer Heirat mit Zurückhaltung betrachteten. Ich war nicht darauf gefaßt, ihn wiederzusehen. Dann, geraume Zeit später . . .«

»Wieviel Zeit war etwa vergangen?«

»Ich weiß nicht. Jedenfalls eine Reihe von Jahren. Der Club war schon vom Faubourg Saint-Honoré in die Avenue Hoche übergesiedelt. Zehn Jahre? Zwölf Jahre? Fest steht auf alle Fälle, daß er wieder zu uns gekommen ist. Er war anfangs kleinlaut, denn er rechnete wohl damit, wir seien ihm böse, weil er uns im Stich gelassen hatte.«

»Und dann?«

»Nichts weiter. Er hat das Verpaßte doppelt aufgeholt. Moment . . . Er war lange mit einer kleinen Sängerin mit großem Mund liiert. Sie hieß bei uns nur . . . Ein Spitzname, den wir ihr gegeben hatten . . . Irgend etwas Unanständiges . . . Er fällt mir jetzt nicht ein.«

»Trank er?«

»Nicht mehr als die anderen. Zwei oder drei Flaschen Champagner unter Umständen . . .«

»Was ist aus ihm geworden?«

»Das, was am Ende aus uns allen wird. Er ist gestorben.

»Ist das alles?«

»Nach der Fortsetzung, mein Sohn, muß man sich da oben erkundigen. Das ist Sache von Sankt Petrus und nicht meine. Welche Missetat hat sein Sohn denn begangen?«

»Ich weiß noch nichts darüber. Seine Frau ist verschwunden.«

»Ist er ein Spaßvogel?«

»Nein. Ganz das Gegenteil.«

»Juliette! Bringen Sie uns etwas!«

Maigret mußte noch eine Viertelstunde bei dem Greis bleiben, der eigensinnig unter seinen Stichen nach einer Skizze der Sängerin suchte.

»Ich kann nicht beschwören, daß sie da gut getroffen ist. Ein Bursche mit unglaublich viel Talent hat sie gezeichnet, als wir eines Abends mit einer ganzen Bande in sein Atelier kamen.«

Das Mädchen war nackt und ging auf den Händen; von seinem Gesicht war nichts zu erkennen, weil seine Haare bis auf den Boden herabhingen.

»Kommen Sie mal wieder vorbei, mein kleiner Maigret. Wenn Sie Zeit gehabt hätten, mein bescheidenes Mahl mit mir zu teilen . . .«

Eine Flasche Wein stand zur Temperierung in einer Zimmerecke, und in der Wohnung duftete es angenehm nach Essensvorbereitungen.

Die Polizei in Rouen hatte den Traurigen Alfred ebensowenig ausfindig machen können wie die von Le Havre. Wahrscheinlich war der Geldschrankspezialist längst nicht mehr in der Stadt. War er noch weiter in die Nähe von Paris gekommen? Hatte er Ernestines Anzeige gelesen?

Maigret hatte einen Inspektor mit einem Sonderauftrag entlang der Seinekais betraut.

»Wo soll ich anfangen?«

»So weit stromaufwärts wie du kannst.«

Er hatte seine Frau angerufen und sie wissen lassen, daß er nicht zum Abendessen käme.

»Glaubst du, ich bekomme dich in dieser Nacht noch zu Gesicht?«

»Möglicherweise nicht.«

Er hegte keine allzu große Hoffnung. Auch er wußte, daß er eine große Verantwortung auf sich geladen hatte, als er die Dinge gewaltsam ins Rollen brachte und Guillaume Serre zum Quai des Orfèvres schaffte, bevor er den geringsten Beweis hatte.

Jetzt war es zu spät. Er konnte ihn nicht mehr laufen lassen.

Er fühlte sich bedrückt und schlechtgelaunt. Er setzte sich auf die Terrasse der Brasserie Dauphine, aber nachdem er die Speisekarte von vorn nach hinten studiert hatte, bestellte er sich nur ein belegtes Brot und ein Glas Bier, denn Hunger verspürte er keinen.

Langsamen Schrittes ging er dann wieder die Treppe zu den Diensträumen der Kriminalpolizei hinauf. Man hatte schon das Licht angemacht, obwohl es draußen noch hell war. Als sein Kopf die Höhe der ersten Etage erreichte, warf er mechanisch einen Blick in das Wartezimmer, und das erste, was er sah, war ein grüner Hut, der ihm allmählich auf die Nerven zu gehen begann.

Ernestine war da und saß Madame Serre genau gegenüber, die Hände in den Schoß gelegt wie die alte Dame, mit derselben geduldigen und niedergeschlagenen Miene. Sie erblickte ihn sofort, ließ absichtlich ihren Blick starr werden und schüttelte leicht den Kopf zum Zeichen der Verneinung.

Er glaubte sie so zu verstehen, als bitte sie ihn, sie nicht zu erkennen. Unmittelbar darauf begann sie mit der alten Dame eine Unterhaltung, als hätten die beiden vor einer Weile Bekanntschaft geschlossen.

Er zuckte die Achseln und stieß die Tür zum Dienstzimmer der Inspektoren auf. Der Stenograf war in Aktion, einen Schreibblock auf den Knien. Man hörte Janviers erschöpfte Stimme, untermalt von den Schritten des Inspektors, der nebenan auf und ab ging.

»Sie behaupten, Monsieur Serre, daß Ihre Frau ein Taxi an der Ecke des Boulevard Richard-Wallace holen gegangen ist. Wie lange ist sie weggeblieben?«

Bevor er die Ablösung übernahm, kletterte er die Treppe zum Büro von Moers unter dem Dach hinauf. Moers war dabei, Dokumente abzulegen.

»Sag mal, Junge, außer diesem Ziegelstaub gab es keine anderen Spuren in dem Auto?«

»Der Wagen ist sorgfältig gesäubert worden.«

»Bist du dir da sicher?«

»Es war purer Zufall, daß ich das bißchen Ziegelstaub in einer Falte der Fußmatte unter dem Fahrersitz entdeckt habe.«

»Angenommen, das Auto sei nicht gereinigt worden und der Fahrer auf einem Feldweg ausgestiegen.«

»Einem asphaltierten Weg?«

»Nein. Nimm mal an, sage ich, er sei ausgestiegen und ebenso die Person, die bei ihm war, und sie seien alle beide auf dem Weg spazierengegangen und dann wieder in den Wagen gestiegen.«

»Und man hätte ihn danach nicht saubergemacht?«

»Ja.«

»Dann gäbe es Spuren. Vielleicht nicht viele. Aber ich hätte sie gefunden.«

»Das ist alles, was ich wissen wollte. Lauf nicht fort.«

»Geht in Ordnung. Übrigens habe ich zwei Haare im Zimmer der verschwundenen Frau entdeckt. Sie hatte von Natur aus blondes Haar, färbte es sich aber rötlichblond. Ich weiß auch, welchen Gesichtspuder sie benutzt hat.«

Der Kommissar stieg wieder hinunter und betrat diesmal sein eigenes Büro, wo er sich den Rock auszog. Er hatte den ganzen Nachmittag Pfeife geraucht. Janvier hatte Zigaretten geraucht, Serre Zigarren. Die Luft war blau vor Rauch, der um die Lampe herum einen Nebelschwaden bildete.

»Haben Sie keinen Durst, Monsieur Serre?«

»Der Inspektor hat mir ein Glas Wasser gegeben.«

Janvier verließ das Zimmer.

»Möchten Sie nicht lieber ein Glas Bier oder ein Glas Wein?«

Immer noch dieser Gesichtsausdruck, als sei er Maigret persönlich wegen dieser kleinen Fallen böse.

»Nein, danke.«

»Ein belegtes Brot?«

»Gedenken Sie mich noch lange festzuhalten?«

»Ich weiß es nicht. Das hängt von Ihnen ab.«

Er ging zur Tür und rief den Inspektoren zu:

»Kann einer von euch mir mal eine Straßenkarte von Fontainebleau und Umgebung bringen?«

Er ließ sich Zeit. All das waren nur Worte, war gewissermaßen nur die Oberfläche.

»Laß belegte Brote und Bier heraufschicken, wenn du essen gehst, Janvier!«

»Gut, Chef.«

Man brachte ihm die Autokarte.

»Zeigen Sie mir die Stelle, wo Sie am Sonntag mit Ihrem Wagen gehalten haben.«

Serre suchte einen Moment lang, nahm einen Bleistift vom Schreibtisch und machte ein Kreuz an der Stelle, wo sich die Landstraße und ein Feldweg kreuzten.

»Wenn links ein Bauernhof mit rotem Dach liegt, ist es dieser Weg hier.«

»Wie lange sind Sie spazierengegangen?«

»Ungefähr eine Viertelstunde.«

»Hatten Sie dieselben Schuhe an wie heute?«

Er überlegte, blickte auf seine Schuhe hinunter und nickte.

»Sind Sie da sicher?«

»Vollkommen.«

Die Schuhe hatten Gummiabsätze, auf denen konzentrische Kreise um den Namen des Herstellers herum eingeprägt waren.

»Glauben Sie nicht, Monsieur Serre, daß es einfacher und weniger anstrengend wäre, reinen Tisch zu machen? Zu welchem Zeitpunkt haben Sie Ihre Frau umgebracht?«

»Ich habe sie nicht umgebracht!«

Maigret seufzte und ging nach nebenan, um neue Instruktionen zu erteilen. Da war nichts zu machen!

Es würde wahrscheinlich noch stundenlang dauern. Die Gesichtsfarbe des Zahnarztes wirkte schon etwas weniger frisch als am Morgen, und unter seinen Augen begannen sich Ringe zu bilden.

»Warum haben Sie sie geheiratet?«

»Meine Mutter hat mir dazu geraten.«

»Aus welchem Grunde?«

»Aus Angst, daß ich eines Tages allein bleiben würde. Sie bildet sich ein, ich sei noch ein Kind und hätte jemanden nötig, der sich um mich kümmert.«

»Und der Sie am Trinken hindert?«

Schweigen.

»Ich nehme an, daß zwischen Maria van Aerts und Ihnen von Liebe nicht die Rede war?«

»Wir gingen beide auf die Fünfzig zu.«

»Wann haben die Streitigkeiten angefangen?«

»Es hat niemals Streitigkeiten gegeben.«

»Womit haben Sie Ihre Abende verbracht, Monsieur Serre?«

»Ich?«

»Ja, Sie!«

»Meistenteils mit Lesen, in meinem Arbeitszimmer.«

»Und Ihre Frau?«

»Sie hat in ihrem Schlafzimmer geschrieben. Sie ging früh zu Bett.«

»Hat Ihr Vater viel Geld verloren?«

»Ich verstehe nicht.«

»Ist Ihnen zu Ohren gekommen, daß Ihr Vater ein, wie er es damals nannte, sehr liederliches Leben führte?«

»Er ging oft aus.«

»Hat er viel Geld ausgegeben?«

»Ich glaube, ja.«

»Ihre Mutter hat ihm Szenen gemacht?«

»Wir sind keine Menschen, die Szenen machen.«

»Wieviel hat Ihre erste Ehe Ihnen eingebracht?«

»Wir sprechen nicht dieselbe Sprache.«

»Ihre erste Frau und Sie hatten doch auch Gütergemeinschaft vereinbart?«

»Das stimmt.«

»Sie war vermögend. Sie haben sie also beerbt.«

»Ist das nicht normal?«

»Solange die Leiche Ihrer zweiten Frau nicht gefunden wird, können Sie sie nicht beerben!«

»Warum sollte sie nicht lebend wiedergefunden werden?«

»Glauben Sie das, Serre?«

»Ich habe sie nicht getötet!«

»Warum haben Sie am Dienstagabend Ihren Wagen aus der Garage geholt?«

»Ich habe ihn nicht herausgeholt.«

»Die Concierge im gegenüberliegenden Haus hat Sie gesehen. Es war gegen Mitternacht.«

»Sie vergessen, daß es drei Garagen gibt, drei ehemalige Ställe, deren Türen nebeneinander liegen. Es war Nacht, das sagen Sie selbst. Sie kann sich geirrt haben.«

»Der Eisenwarenhändler allerdings hat Sie am hellichten Tage nicht mit jemand anders verwechseln können, als Sie bei ihm Kitt und eine zweite Fensterscheibe gekauft haben.«

»Mein Wort ist ebensoviel wert wie seines.«

»Vorausgesetzt, daß Sie Ihre Frau nicht ermordet haben. Was haben Sie mit den Handkoffern und dem großen Koffer gemacht?«

»Diese Frage stellt man mir jetzt zum drittenmal. Diesmal vergessen Sie, nach dem Werkzeug zu fragen.«

»Wo waren Sie am Dienstag gegen Mitternacht?«

»Im Bett.«

»Haben Sie einen leichten Schlaf, Monsieur Serre?«

»Nein. Meine Mutter ja.«

»Sie haben alle beide nichts gehört?«

»Ich glaube, das habe ich Ihnen bereits versichert.«

»Und am Mittwochmorgen war für Sie das Haus in bester Ordnung?«

»Ich vermute, Sie haben das Recht, mich ins Verhör zu nehmen, weil eine Untersuchung eingeleitet worden ist. Sie haben beschlossen, nicht wahr, mich kleinzukriegen. Ihr Inspektor hat mir bereits dieselben Fragen gestellt. Jetzt geht es wieder von neuem damit los. Ich ahne schon, daß die ganze Nacht damit draufgehen wird. Damit wir Zeit sparen, wiederhole ich ein für allemal, daß ich meine Frau nicht ermordet habe. Ich kündige Ihnen auch an, daß ich nicht mehr auf Fragen antworten werde, die mir bereits gestellt worden sind. Ist meine Mutter hier?«

»Haben Sie Grund zu der Annahme, sie sei hier?«

»Ist das in Ihren Augen nicht normal?«

»Sie sitzt im Warteraum.«

»Haben Sie vor, sie dort die Nacht verbringen zu lassen?«

»Ich werde nichts unternehmen, um sie daran zu hindern. Sie ist frei.«

Diesmal warf ihm Guillaume Serre einen haßerfüllten Blick zu.

»Ich möchte nicht Ihren Beruf haben.«

»Ich möchte nicht an Ihrer Stelle sein.«

Sie sahen sich schweigend an; keiner von beiden wollte die Augen niederschlagen.

»Sie haben Ihre Frau ermordet, Serre. Wahrscheinlich ebenso, wie Sie Ihre erste umgebracht haben.«

Sein Gegenüber zuckte nicht mit der Wimper.

»Sie werden es schon gestehen.«

Der Zahnarzt verzog die Lippen zu einem verächtlichen Grinsen, lehnte sich in seinem Stuhl zurück und schlug die Beine übereinander.

Nebenan hörte man den Kellner der Brasserie Dauphine Teller und Gläser abstellen.

»Ich möchte Ihr Angebot annehmen, einen Happen zu essen.«

»Wollen Sie vielleicht auch Ihr Jackett ausziehen?«

»Nein.«

Er fing an, langsam sein Sandwich zu essen, während Maigret ihm am Wasserhahn im Wandschrank ein Glas Wasser holte.

Es war acht Uhr abends.

Man sah ein Fenster nach dem anderen dunkel werden, konnte beobachten, wie draußen das Bild der Stadt verschwamm und Lichtpunkte an seine Stelle traten, die ebenso weit entfernt zu sein schienen wie Sterne.

Maigret mußte sich Tabak holen lassen. Um elf Uhr rauchte der Zahnarzt seine letzte Zigarre, und die Luft im Zimmer wurde immer drückender. Zweimal war der Kommissar durch das Haus gegangen, um sich die Beine zu vertreten, und hatte wieder die beiden Frauen im Wartezimmer sitzen sehen. Das zweite Mal hatten ihre Stühle dicht nebeneinander gestanden, und sie plauderten, als ob sie sich seit jeher gekannt hätten.

»Wann haben Sie Ihren Wagen gereinigt?«

»Er ist vor zwei Wochen zum letztenmal gereinigt worden, in einer Reparaturwerkstatt in Neuilly, als auch ein Ölwechsel vorgenommen wurde.«

»Ist das Auto seit Sonntag nochmals gereinigt worden?«

»Nein.«

»Jetzt sehen Sie mal her, Monsieur Serre, wir haben da ein aufschlußreiches Experiment durchgeführt. Einer meiner Inspektoren hat Schuhe mit Gummiabsätzen angezogen, wie Sie sie tragen, und ist zu der von Ihnen angegebenen Kreuzung an der Landstraße nach Fontainebleau gefahren. Genau so, wie Sie es nach Ihrer Aussage mit Ihrer Mutter getan haben, ist er ausgestiegen und auf dem Feldweg spazierengegangen. Dieser ist nicht asphaltiert. Dann ist er wieder in das Auto gestiegen und hierher zurückgekehrt.

Die Spezialisten vom Erkennungsdienst, von denen man weiß, daß sie ihr Handwerk verstehen, haben dann den Fußteppich des Wagens untersucht. Hier sind der Staub und der Kies, den sie eingesammelt haben.«

Er legte eine kleine Tüte auf den Schreibtisch.

Serre streckte die Hand nicht nach der Papiertüte aus.

»Wir hätten die gleichen Schmutzteilchen auf der Fußmatte Ihres Wagens finden müssen.«

»Beweist das, daß ich meine Frau ermordet habe?«

»Das beweist, daß das Auto nach dem Sonntag saubergemacht worden ist.«

»Könnte sich nicht jemand Einlaß in meine Garage verschafft haben?«

»Das ist ziemlich unwahrscheinlich.«

»Aber Ihre Leute sind doch hineingegangen.«

»Was wollen Sie damit andeuten?«

»Nichts, Herr Kommissar. Ich beschuldige niemanden. Ich mache Sie nur darauf aufmerksam, daß diese Maßnahme ohne Zeugen erfolgt ist, folglich ohne gesetzliche Rückendeckung.«

»Möchten Sie nicht mit Ihrer Mutter sprechen?«

»Sie wüßten wohl gern, was ich ihr mitzuteilen habe? Nichts, Monsieur Maigret! Ich habe ihr nichts zu sagen, und sie hat mir nichts zu sagen.«

Ein Gedanke durchzuckte ihn plötzlich.

»Hat sie etwas gegessen?«

»Das kann ich nicht sagen. Ich wiederhole Ihnen: Sie ist frei!«

»Sie wird dieses Haus nicht verlassen wollen, solange ich hier bin.«

»Dann geht sie das Risiko ein, lange dableiben zu müssen.«

Serre senkte den Blick und schlug einen anderen Ton an. Nach längerem Zögern murmelte er, etwas verlegen, wie es schien:

»Ich vermute, es wäre zuviel verlangt, wenn ich Sie bäte, ihr ein belegtes Brot bringen zu lassen?«

»Das ist längst geschehen.«

»Hat sie es gegessen?«

»Ja.«

»Wie geht es ihr?«

»Sie redet ununterbrochen.«

»Mit wem?«

»Mit einer bestimmten Person, die ebenfalls im Wartezimmer sitzt. Einer ehemaligen Prostituierten.«

Und abermals blitzte Haß in den Augen des Zahnarztes auf.

»Sie haben das absichtlich so eingerichtet!«

»Bestimmt nicht.«

»Meine Mutter hat nichts auszusagen.«

»Um so besser für Sie.«

Fast eine Viertelstunde lang herrschte Schweigen zwischen den beiden Männern, dann ging Maigret langsamen Schrittes in das angrenzende Büro hinüber, verdrossener denn je, und gab Janvier ein Zeichen, der in einer Ecke vor sich hin döste.

»Dasselbe, Chef?«

»Alles, was du willst.«

Der Stenograf war todmüde. Der Übersetzer arbeitete immer noch in seinem Kämmerchen.

»Hol mir Ernestine, die von den beiden mit dem grünen Hut, und bring sie in das Büro von Lucas.«

Als die Bohnenstange hereinkam, sah sie nicht gerade zufrieden aus.

»Sie hätten mich nicht stören sollen. Sie wird bestimmt irgend etwas ahnen.«

Vielleicht weil es mitten in der Nacht war, duzte Maigret sie mit einem Mal ganz selbstverständlich.

»Was hast du ihr erzählt?«

»Daß ich nicht wisse, warum man mich vorgeladen habe, daß mein Mann seit zwei Tagen verschwunden sei und ich keine Nachricht von ihm habe, daß ich die Polizei und ihre Tricks wie die Pest hasse.

›Die lassen mich bloß warten, um mich weich zu kriegen‹, habe ich zu ihr gesagt. ›Sie glauben, sie könnten tun, was sie wollen!‹«

»Was hat sie darauf erwidert?«

»Sie hat wissen wollen, ob ich schon mal hiergewesen sei. Ich habe ja gesagt, ich sei mal vor einem Jahr eine ganze Nacht lang verhört worden, weil mein Mann eine Schlägerei in einem Café gehabt hätte und er verdächtigt worden sei, mit dem Messer zugestochen zu haben. Anfangs hat sie mich mit fast angeekelter Miene angeguckt. Dann hat sie nach und nach begonnen, mich auszufragen.«

»Worüber?«

»Besonders über Sie. Ich habe ihr alles erdenklich Schlechte erzählt. Ich habe auch absichtlich gesagt, daß Sie es immer fertigbrächten, die Leute zum Reden zu bringen, selbst auf die Gefahr hin, dabei brutale Mittel anzuwenden.«

»Was?«

»Ich weiß schon, was ich tue. Ich habe ihr den Fall geschildert, wie Sie jemanden vierundzwanzig Stunden lang mitten im Winter pudelnackt in Ihrem Büro festgehalten haben und noch dafür sorgten, daß das Fenster offenblieb.«

»Das ist doch nie vorgekommen!«

»Aber so etwas macht Eindruck auf sie. Sie ist jetzt weniger selbstbewußt als bei meinem Kommen. Sie spitzt die ganze Zeit die Ohren.

›Schlägt er die Leute?‹ hat sie mich gefragt.

›Das kommt vor.‹

Möchten Sie nicht lieber, daß ich wieder zu ihr gehe?«

»Wenn du willst.«

»Ich hätte nur gern, daß mich ein Inspektor in das Wartezimmer zurückbringt und dabei grob mit mir umgeht.«

»Noch immer keine Nachricht von Alfred?«

»Sie auch nicht?«

Maigret schickte sie zurück, wie sie es verlangt hatte, und der Inspektor kam mit eigenartigem Lächeln wieder.

»Was ist passiert?«

»Fast gar nichts. Als ich an der Alten vorbeigegangen bin, hat sie schützend den Arm gehoben, als ob sie damit rechnete, daß ich sie schlagen würde. Die Bohnenstange war kaum hier aus dem Büro heraus, da hat sie angefangen zu weinen!«

Madame Maigret rief an, um zu erfahren, ob ihr Mann etwas gegessen habe.

»Ich warte also nicht auf dich?«

»Nein, bitte nicht.«

Er hatte Kopfschmerzen. Er war mit sich selbst und mit den anderen unzufrieden. Vielleicht war er auch ein wenig unruhig. Er fragte sich, was wohl geschehen würde, wenn plötzlich ein Telefonanruf von Maria van

Aerts käme und die Frau mitteilte, sie habe ihre Pläne geändert und hielte sich seelenruhig in irgendeiner Stadt auf.

Er trank ein Glas lauwarm gewordenes Bier, empfahl, neues heraufkommen zu lassen, bevor das Lokal schloß, und ging wieder in sein Büro, wo Janvier das Fenster geöffnet hatte. Der Geräuschpegel der Stadt war auf Null zurückgegangen. Von Zeit zu Zeit überquerte ein Taxi den Pont Saint-Michel.

Er setzte sich mit hängenden Schultern. Janvier verließ den Raum. Nach einem langen Schweigen sagte er nachdenklich:

»Ihre Mutter bildet sich offenbar ein, ich folterte Sie.«

Er war überrascht, zu sehen, wie sein Gesprächspartner ruckartig den Kopf hob, und zum ersten Mal las er in seinen Zügen Unruhe.

»Was hat man ihr denn bloß erzählt?«

»Das kann ich nicht sagen. Wahrscheinlich stammt das von dem Dämchen, das mit ihr da draußen wartet. Diese Art von Personen erfindet gern Geschichten, um sich interessant zu machen.«

»Kann ich sie sehen?«

»Wen?«

»Meine Mutter.«

Maigret tat so, als sei er sich unschlüssig, als erwäge er das Für und Wider, und schüttelte schließlich den Kopf.

»Nein«, entschied er. »Ich glaube, ich werde sie selbst verhören. Und ich überlege noch, ob ich nicht auch Eugénie holen lassen soll.«

»Meine Mutter weiß nichts.«

»Und Sie?«

»Ich auch nicht.«

»Dann spricht also nichts dagegen, daß ich sie so vernehme, wie ich Sie vernommen habe.«

»Haben Sie denn überhaupt kein Mitleid, Kommissar?«

»Mit wem?«

»Mit einer alten Frau.«

»Maria wäre sicher auch gern eine alte Frau geworden.«

Er ging im Büro hin und her, die Hände auf dem Rücken verschränkt, aber was er erwartete, trat nicht ein.

»Du bist wieder dran, Janvier! Ich werde mir mal die Mutter vorknöpfen!«

In Wirklichkeit wußte er noch nicht, ob er es tun sollte oder nicht. Rückschauend berichtete Janvier später, er habe den Chef noch nie so erschöpft und so brummig erlebt wie in jener Nacht.

Es war ein Uhr früh geworden. Alle im Haus hatten den Mut sinken lassen, und hinter dem Rücken des Kommissars wurden verzweifelte Blicke gewechselt.

## 8

## *Man erlebt, wie sich die Bohnenstange die Würmer aus der Nase ziehen läßt, und Maigret entscheidet sich endlich, einem anderen Gegner gegenüberzutreten*

Maigret verließ gerade das Dienstzimmer der Inspektoren, um einen Blick nach dem Übersetzer zu werfen, als einer der Männer der Reinigungskolonne, die seit einer halben Stunde durch das Gebäude schwärmte, auf ihn zutrat und verkündete:

»Da ist eine Dame, die Sie sprechen möchte.«

»Wo?«

»Es ist eine der beiden, die im Wartezimmer gesessen haben. Es sieht so aus, als sei ihr übel geworden. Sie ist ganz bleich wie jemand, der gleich ohnmächtig wird, in das Büro gekommen, das ich gerade ausfegte, und hat mich einfach gebeten, Ihnen Bescheid zu sagen.«

»Die alte Dame?« fragte Maigret stirnrunzelnd.

»Nein, die junge.«

Die meisten der auf den Korridor führenden Türen standen offen. Im übernächsten Büro erblickte der Kommissar Ernestine, die eine Hand auf ihre Brust gelegt hatte und mit trübseliger Miene ein paar hastige Schritte tat, eine Frage auf den Lippen.

»Machen Sie die Tür zu«, flüsterte sie, als er vor ihr stand.

Und als das geschehen war:

»Uff! Ich konnte wirklich nicht mehr, aber schlecht ist mir nicht. Ich habe Theater gespielt, um eine Ausrede zu haben, die da für einen Moment zu verlassen. Was nicht heißen soll, daß ich völlig auf dem Damm bin. Haben Sie nicht zufällig einen Schnaps da?«

Er mußte in sein Büro zurückgehen, um die Flasche Cognac zu holen, die er immer in seinem Wandschrank stehen hatte. Weil keine Schnapsgläser da waren, goß er ihr den Alkohol in ein Wasserglas. Sie kippte ihn in einem Zug hinunter und mußte aufstoßen.

»Ich weiß nicht, wie Sie mit dem Sohn zurechtkommen. Ich bin mit der Mutter am Ende. Zuletzt flimmerte es mir schon vor den Augen.«

»Hat sie geredet?«

»Sie ist robuster als ich. Darauf wollte ich Sie noch besonders hinweisen. Anfangs war ich überzeugt, sie glaube alles, was ich ihr vorschwindelte. Dann, ich weiß nicht, wie es gekommen ist, hat sie angefangen, mir knappe, scheinbar bedeutungslose Fragen zu stellen. Ich kenne diese Methoden von früheren Flunkereien und hielt mich für imstande, meine Geschichte glaubhaft zu machen.

Aber bei ihr habe ich nicht lange durchgehalten.«

»Hast du ihr gesagt, wer du bist?«

»Nicht klipp und klar. Diese Frau ist schrecklich intelligent, Monsieur Maigret! Woran hat sie erkennen können, daß ich mal auf den Strich gegangen bin?

Können Sie mir das sagen? Sieht man mir das noch an? Dann hat sie mir gesagt:

›Sie kennen sich bei diesen Leuten gut aus, was?‹

Damit hat sie Sie und Ihre Kollegen gemeint.

Zu guter Letzt fragte sie mich über das Gefängnisleben aus, und ich gab ihr Antwort.

Wenn man mir gesagt hätte, als ich mich ihr gegenübersetzte, daß ich mich verplappern würde, hätte ich es bestimmt nicht geglaubt!«

»Hast du ihr was von Alfred erzählt?«

»Nicht allzuviel. Vor allem nicht, was er eigentlich macht. Sie glaubt jetzt, er sei ein Scheckbetrüger. Aber das interessiert sie nicht so sehr. Seit mindestens einer Dreiviertelstunde will sie jetzt von mir alles darüber wissen, wie es in einem Gefängnis zugeht: Wann man aufstehen muß, was man zu essen bekommt, wie die Wärterinnen sich verhalten ... Ich hab gedacht, Sie würden das alles gern erfahren und habe so getan, als würde mir speiübel. Ich bin aufgestanden und habe erklärt, ich würde etwas zu trinken verlangen, und es sei unmenschlich, Frauen die ganze Nacht hier herumsitzen zu lassen ...

Kann ich noch einen Schluck haben?«

Sie war tatsächlich erschöpft. Der Alkohol verlieh ihren Wangen wieder Farbe.

»Ihr Sohn gesteht nicht?«

»Noch nicht. Hat sie von ihm gesprochen?«

»Sie horcht auf alle Geräusche und zuckt jedesmal zusammen, wenn eine Tür geöffnet wird. Sie hat mir noch eine Frage gestellt. Sie hat wissen wollen, ob ich Leute gekannt habe, die mit der Guillotine hingerichtet worden sind ... So, jetzt geht es mir besser; ich gehe wieder zu ihr. Diesmal nehme ich mich in acht. Keine Angst!«

Sie benutzte die Gelegenheit, sich zu pudern und sah nach der Flasche, ohne sich aber zu getrauen, um einen dritten Schluck zu bitten.

»Wie spät ist es?«

»Drei Uhr.«

»Ich weiß nicht, wie die das fertigbringt. Sie sieht überhaupt nicht müde aus und sitzt genauso kerzengerade da wie gestern abend.«

Maigret ließ sie gehen, schöpfte frische Luft an einem offenen Fenster, das auf den Hof hinausging, und trank einen Schluck Cognac direkt aus der Flasche. Als er durch das Büro ging, in dem der Übersetzer bei der Arbeit war, zeigte ihm dieser eine Stelle in einem Brief, die er unterstrichen hatte.

»Das hat sie vor anderthalb Jahren geschrieben«, sagte er.

Maria teilte ihrer Freundin mit:

*Gestern habe ich herzhaft gelacht. G ... war in meinem Schlafzimmer, nicht aus dem Grunde, den Du vermutest, sondern um mit mir einen Plan zu besprechen, den ich am Vortag gefaßt hatte, nämlich für zwei Tage nach Nizza zu fahren.*

*Die Serres sind Menschen, die Reisen einfach scheußlich finden. In ihrem ganzen Leben sind sie mit einer einzigen Ausnahme aus Frankreich nicht herausgekommen. Die Auslandsreise haben sie gemacht, als der Vater noch lebte. Da sind sie zusammen nach Lon-*

*don gefahren. Übrigens sind sie wohl allesamt seekrank geworden und haben sich vom Schiffsarzt behandeln lassen.*

*Aber davon wollte ich Dir gar nicht berichten. Wenn ich bestimmte Dinge sage, die ihnen nicht passen, antworten sie nicht sofort darauf. Sie schweigen, und man hört, wie man so sagt, einen Engel durchs Zimmer gehen.*

*Dann kommt später oder am nächsten Tag G ... mit verärgerter Miene zu mir in mein Schlafzimmer, druckst herum und rückt zu guter Letzt mit dem heraus, was er auf dem Herzen hat. Kurz und gut, es scheint, daß meine Idee, zum Karneval nach Nizza zu fahren, albern und fast unanständig ist. Er hat mich wissen lassen, daß seine Mutter schockiert gewesen sei, als sie davon hörte, und mich flehentlich gebeten, meinen Plan aufzugeben.*

*Zufällig stand gerade die Schublade meines Nachttisches etwas offen. Er hat rein mechanisch einen Blick hineingeworfen, und ich habe gesehen, daß er ganz blaß wurde.*

*›Was ist das denn?‹ hat er gestottert und auf den kleinen Trommelrevolver mit dem Perlmuttgriff gedeutet, den ich mir vor meiner Ägyptenreise gekauft hatte.*

*Erinnerst Du Dich? Ich hatte es Dir damals erzählt. Man hatte mir gesagt, eine alleinreisende Dame sei in diesen Ländern da unten schutzlos.*

*Ich weiß nicht mehr, warum ich ihn in diese Schublade gelegt hatte. Ich habe ruhig geantwortet:*

*›Das ist ein Revolver.‹*

*›Ist er geladen?‹*

*›Das weiß ich nicht mehr.‹*

*Ich habe ihn herausgenommen und im Magazin nachgesehen. Es war leer.*

*›Hast du auch die Patronen dafür?‹*

*›Irgendwo müssen noch welche sein.‹*

*Eine halbe Stunde darauf ist meine Schwiegermutter unter einem Vorwand hereingekommen. Sie kommt nämlich nie ohne Grund in mein Zimmer. Sie hat ebenfalls lange drumherum geredet und mir dann erklärt, es gehöre sich nicht für eine Frau, eine Waffe zu besitzen.*

*›Aber das ist doch mehr ein Spielzeug‹, habe ich geantwortet. ›Ich hebe es als Andenken auf, weil der Griff so hübsch ist und meine Initialen darin eingraviert sind. Ich glaube übrigens nicht, daß man damit viel Unheil anrichten kann.‹*

*Sie hat sich dann schließlich beruhigt. Aber erst habe ich ihr die Schachtel mit den Patronen aushändigen müssen, die hinten in der Schublade lag.*

*Das Drolligste ist, daß ich, kaum daß sie draußen war, in meiner Handtasche eine weitere Packung Patronen gefunden habe, die ich ganz vergessen hatte. Ich habe es ihr natürlich nicht gesagt . . .*

Maigret, der die Cognacflasche in der Hand hielt, schenkte dem Übersetzer ein und ging dann weiter zu dem Stenografen und bot ihm ebenso einen Schluck an wie dem Inspektor, der, um sich die Müdigkeit zu vertreiben, Männchen auf seine Schreibunterlage malte.

Als er wieder in sein eigenes Büro kam, das Janvier automatisch verließ, begann eine neue Runde im Ring.

»Ich habe mir das Ganze überlegt, Serre. Ich glaube langsam, daß Sie doch nicht soviel gelogen haben, wie ich zunächst vermutete.«

Er hatte die Anrede »Monsieur« weggelassen, als sei nach solch stundenlangem Beisammensein eine gewisse Vertraulichkeit angebracht. Der Zahnarzt begnügte sich damit, ihn argwöhnisch zu mustern.

»Maria durfte ebensowenig verschwinden wie Ihre erste Frau. Es lief Ihren Interessen zuwider, daß sie Sie verlassen wollte. Sie hatte ihre Koffer gepackt und ihre Heimreise nach Holland angekündigt. Sie war fest gewillt, den Nachtexpress zu nehmen.

Ich weiß nicht, ob sie in Ihrem Haus oder erst draußen sterben sollte. Was haben Sie dazu zu sagen?«

Guillaume Serre antwortete mit keinem Wort, aber sein Blick verriet zunehmendes Interesse.

»Wenn Sie es so wollen: Sie sollte eines natürlichen Todes sterben, ich meine, eines Todes, der als natürlich angesehen werden konnte.

So ist die Sache aber nicht abgelaufen, denn sonst hätten Sie keine Veranlassung gehabt, ihre Leiche und ihr Gepäck spurlos verschwinden zu lassen.

Dann ist da noch ein anderes Detail, das keinen Sinn ergibt. Sie hatten einander Lebewohl gesagt. Also brauchte Maria nicht noch einmal Ihr Arbeitszimmer zu betreten. Ihre Leiche hat aber trotzdem zu einer bestimmten Zeit während der Nacht dort gelegen.

Ich will gar nicht, daß Sie mir jetzt antworten, sondern daß Sie meinen Ausführungen folgen. Ich habe eben erst erfahren, daß Ihre Frau einen Revolver besaß.

Ich bin bereit zu glauben, daß Sie in Notwehr geschossen haben. Dann sind Sie von Panik ergriffen worden. Sie haben die Leiche liegen lassen, während Sie Ihren Wagen aus der Garage holten. Bei dieser Gelegenheit, ungefähr um Mitternacht, hat die Concierge Sie beobachtet.

Was ich gern wissen möchte, ist, wodurch sich Ihre und Marias Pläne geändert haben. Sie waren in Ihrem Arbeitszimmer, nicht wahr?«

»Ich kann mich nicht mehr erinnern.«

»Sie haben es mir erklärt.«

»Das ist möglich.«

»Ich bin davon überzeugt, daß Ihre Mutter nicht in ihrem Schlafzimmer war, sondern sich bei Ihnen aufhielt.«

»Sie war in ihrem eigenen Zimmer.«

»Daran erinnern Sie sich noch genau?«

»Ja.«

»Dann wissen Sie wohl auch noch, daß Sie sich in Ihrem Arbeitszimmer befanden? Ihre Frau war noch nicht losgegangen, um sich ein Taxi zu besorgen. Wenn sie an jenem Abend mit einem Taxi zurückgekommen wäre, hätten wir den Fahrer ermittelt. Mit anderen Worten: Bevor sie das Haus verließ, hat sie ihre Meinung geändert und sich in Ihr Büro begeben. Warum?«

»Ich weiß es nicht.«

»Sie geben zu, daß sie Sie noch einmal aufgesucht hat?«

»Nein.«

»Sie begehen einen Irrtum, Serre. Es gibt nur

äußerst wenige Fälle in der Kriminalgeschichte, bei denen eine Leiche nicht früher oder später gefunden worden wäre. Wir werden die Leiche Marias finden! Und ich bin von jetzt an überzeugt, die Autopsie wird ergeben, daß sie durch eine oder mehrere Kugeln getötet worden ist. Unklar ist mir nur noch, ob es eine Kugel aus Ihrem oder aus Marias Revolver war.

Danach richtet es sich, ob Ihr Fall mehr oder weniger schwerwiegend ist. Handelt es sich um eine Kugel aus ihrer Waffe, wird man daraus folgern, daß sie aus irgendeinem Grund auf die Idee gekommen ist, von Ihnen eine Abrechnung zu verlangen und Sie zu bedrohen.

Ging es um Geld, Serre?«

Er zuckte die Achseln.

»Sie stürzen sich auf sie, entwaffnen sie und drücken, ohne es zu wollen, auf den Abzug. Eine weitere Hypothese ist, daß sie Ihre Mutter und nicht Sie bedroht hat. Eine Frau empfindet leichter Haß gegen eine andere Frau als gegen einen Mann.

Eine letzte Hypothese ist schließlich, daß Ihr eigener Revolver sich nicht in Ihrem Schlafzimmer befunden hat, wohin Sie ihn erst später gelegt haben, sondern in der Schublade Ihres Schreibtisches.

Maria kommt herein. Sie ist bewaffnet. Sie bedroht Sie. Sie reißen die Schublade auf und schießen als erster.

In dem einen wie dem anderen Fall geht es nicht um Ihren Kopf. Die Vorsätzlichkeit fehlt, denn es ist nicht ungewöhnlich, in einer Schreibtischschublade einen Revolver aufzubewahren.

Sie können sogar auf Notwehr plädieren.

Es bleibt nur noch zu klären, warum Ihre Frau unmittelbar vor der Abreise mit einer Waffe in der Hand zu Ihnen hereingestürzt ist.«

Er lehnte sich zurück und stopfte sich langsam eine Pfeife, ohne sein Gegenüber aus den Augen zu lassen.

»Was denken Sie darüber?«

»Das kann noch lange dauern«, sagte Serre mit einer Art Widerwillen.

»Sind Sie immer noch entschlossen zu schweigen?«

»Ich beantworte bereitwillig Ihre Fragen.«

»Sie haben mir nicht gesagt, warum Sie geschossen haben.«

»Ich habe nicht geschossen.«

»Also war es Ihre Mutter?«

»Meine Mutter war in ihrem Schlafzimmer.«

»Während Sie mit Ihrer Frau eine Auseinandersetzung hatten?«

»Es hat keine Auseinandersetzung gegeben.«

»Das ist schade.«

»Es tut mir leid.«

»Schauen Sie, Serre, ich habe mich bemüht, alle Gründe zu finden, die Maria gehabt haben könnte, um von Ihnen eine Abrechnung zu fordern und Ihnen zu drohen.«

»Sie hat mich nicht bedroht.«

»Behaupten Sie das nicht so steif und fest, diese Aussage könnte Ihnen später leid tun. Vielleicht sind Sie es dann, der mich oder die Geschworenen anfleht, Ihnen zu glauben, Ihr Leben oder das Leben Ihrer Mutter habe auf dem Spiel gestanden.«

Serre lächelte ironisch. Er war erschöpft, ein wenig in sich zusammengesunken; sein Kopf war zwischen die Schultern gesackt, aber er hatte nichts von seiner Kaltblütigkeit eingebüßt. Seine Bartstoppeln ließen die Wangen bläulich schimmern. Der Himmel hinter den Fenstern war schon nicht mehr ganz so dunkel, und die Luft im Zimmer wurde frischer.

Maigret fröstelte als erster; er ging hin und schloß das Fenster.

»Sie hatten keine Lust, eine Leiche auf dem Hals zu haben. Ich meine: eine Leiche, die man nicht vorzeigen konnte. Sie verstehen mich doch?«

»Nein.«

»Als Ihre erste Frau starb, da ist das auf eine Weise geschehen, daß Sie Dr. Dutilleux rufen konnten, damit er den Totenschein ausstellte.

Maria hätte genauso sterben sollen, eines allem Anschein nach natürlichen Todes. Auch sie war herzkrank. Was bei der einen gut gegangen war, hätte auch bei der anderen klappen müssen.

Die Sache hat aber einen Haken gehabt.

Merken Sie jetzt, worauf ich hinaus will?«

»Ich habe sie nicht umgebracht!«

»Und Sie haben auch nicht ihre Leiche irgendwohin gebracht, ebenso wie ihr Reisegepäck und das Werkzeug des Einbrechers?«

»Es war gar kein Einbrecher da.«

»Ich werde Sie ihm wahrscheinlich in wenigen Stunden gegenüberstellen.«

»Haben Sie ihn ausfindig gemacht?«

Es klang jetzt doch Besorgnis aus seiner Stimme.

»Wir haben in Ihrem Arbeitszimmer seine Fingerabdrücke entdeckt. Sie haben zwar sorgfältig die Möbel abgewischt, aber irgendeine Fläche vergißt man dann doch immer. Es handelt sich um einen vorbestraften Mann, einen uns wohlbekannten Spezialisten namens Alfred Jussiaume, der Traurige Alfred mit Spitznamen. Er hat seiner Frau alles erzählt, was er gesehen hat. Sie sitzt jetzt bei Ihrer Mutter im Wartezimmer. Jussiaume selbst hält sich in Rouen auf und hat keinen Grund mehr, sich zu verstecken.

Wir haben also schon die Concierge, die gesehen hat, wie Sie Ihren Wagen aus der Garage herausgefahren haben. Dann ist da der Eisenwarenhändler, der Ihnen eine zweite Fensterscheibe am Mittwoch um acht Uhr morgens verkauft hat.

Unsere Spurensicherung wird den Beweis liefern, daß Ihr Auto nach diesem Datum gereinigt worden ist.

Das ergibt eine ganze Reihe von Indizien, was?

Wenn wir dann noch die Leiche und die Koffer wiedergefunden haben, wird meine Aufgabe beendet sein.

Vielleicht entschließen Sie sich jetzt, zu erklären, warum Sie statt einer gewissermaßen legitimen Leiche plötzlich mit einer Toten belastet waren, die Sie schleunigst wegschaffen mußten?

Eine unerwartete Schwierigkeit ist aufgetreten.

Welche, Serre?«

Der Mann holte ein Taschentuch heraus und wischte sich die Lippen und die Stirn ab, öffnete aber nicht den Mund zu einer Antwort.

»Es ist halb vier. Langsam habe ich jetzt genug. Sind Sie immer noch entschlossen, zu schweigen?«

»Ich habe nichts zu sagen!«

»Na schön«, sagte Maigret und erhob sich. »Es fällt mir schwer, eine alte Frau zu quälen. Ich sehe mich gezwungen, Ihre Mutter zu vernehmen.«

Er hatte mit Protesten gerechnet, zumindest mit irgendeiner Gefühlsregung. Der Zahnarzt zuckte jedoch nicht mit der Wimper, und es kam Maigret sogar so vor, als zeige er eine gewisse Erleichterung, als entspannten sich seine Nerven.

»Die Reihe ist wieder an dir, Janvier. Ich werde mich mit der Mutter beschäftigen.«

Er hatte wirklich die Absicht, dies zu tun, konnte sie aber nicht sofort in die Tat umsetzen, denn Vacher kam gerade ganz aufgeregt herein, mit einem Paket in der Hand.

»Ich habe etwas gefunden, Chef! Es hat lange gedauert, aber ich glaube, es ist das Richtige!«

Er knotete das Paket auf, das in eine alte Zeitung eingewickelt war, und holte Bruchstücke von Ziegelsteinen und rötlichen Staub heraus.

»Wo?«

»Am Quai de Billancourt, gegenüber der Insel Seguin. Hätte ich stromabwärts angefangen statt stromaufwärts, wäre ich schon seit Stunden zurück. Ich bin an allen Kais gewesen, wo Schiffe gelöscht werden. Nur in Billancourt ist kürzlich ein Schleppkahn mit Ziegelsteinen entladen worden.«

»Wann war das?«

»Am letzten Montag. Dienstag hat er gegen Mittag wieder abgelegt. Die Ziegel liegen immer noch da, und Kinder müssen dort gespielt und eine ganze Anzahl kaputtgemacht haben. Ein großer Teil des Kais ist mit rotem Staub bedeckt. Soll ich nach oben zu Moers gehen?«

»Ich gehe selber.«

Als er durch das Wartezimmer kam, warf er einen Blick auf die beiden schweigend dasitzenden Frauen. Es hatte den Anschein, als hätte sich ihr Verhältnis merklich abgekühlt.

Maigret betrat das Laboratorium, wo Moers sich gerade Kaffee aufgegossen hatte. Maigret bekam eine Tasse davon ab.

»Hast du den Ziegelstaub zur Hand? Würdest du ihn mal hiermit vergleichen?«

Es war dieselbe Farbe; auch die Staubkörner schienen die gleichen zu sein. Moers nahm Vergrößerungsgläser und einen elektrischen Projektor zu Hilfe.

»Na, haut es hin?«

»Wahrscheinlich ja. Auf alle Fälle stammt es aus derselben Gegend. Ich brauche eine halbe bis eine Stunde, um das Zeug zu analysieren.«

Es war noch zu früh, um in der Seine mit der Suche anzufangen. Erst nach Sonnenaufgang konnte die Wasserpolizei einen Taucher einsetzen.

Wenn dann Marias Leiche oder auch nur die Gepäckstücke und der Werkzeugkasten wiedergefunden wurden, war der Kreis geschlossen.

»Hallo! Ist dort die Wasserpolizei? Hier Maigret.«

Er sah immer noch mißmutig aus.

»Ich möchte, daß sobald wie möglich am Quai de Billancourt die Seine abgesucht wird, und zwar an der Stelle, wo kürzlich Ziegel ausgeladen worden sind.«

»In einer Stunde wird es hell genug sein.«

Wer konnte ihn jetzt noch hindern, weiter zu warten? Keine Jury würde noch mehr Beweise verlangen, um Guillaume Serre zu verurteilen, auch wenn dieser weiterhin alles abstreiten sollte.

Ohne sich um den Stenografen zu kümmern, der ihm zusah, nahm Maigret einen riesigen Schluck direkt aus der Flasche, wischte sich den Mund ab, ging auf den Korridor hinaus und machte mit einer entschlossenen Bewegung die Tür zum Wartezimmer auf.

Ernestine glaubte, es gelte ihr und stand erleichtert auf. Madame Serre dagegen rührte sich nicht.

An sie wandte er sich jedoch.

»Würden Sie bitte einen Augenblick mitkommen?«

Er hatte die Wahl zwischen den leeren Büros. Er stieß die nächstbeste Tür auf und schloß das Fenster.

»Bitte nehmen Sie Platz.«

Und er fing an, im Zimmer im Kreis herumzulaufen; ab und zu warf er dabei einen ärgerlichen Blick auf die alte Dame.

»Ich teile nicht sehr gern schlechte Nachrichten mit«, sagte er schließlich brummig, »vor allem nicht jemandem in Ihrem Alter. Sie sind nie krank gewesen, Madame Serre?«

»Abgesehen von einer Seekrankheit bei unserer Fahrt durch den Ärmelkanal habe ich nie einen Arzt nötig gehabt.«

»Und natürlich sind Sie nicht herzkrank?«

»Nein.«

»Aber Ihr Sohn ist es, nicht wahr?«

»Er hat schon immer ein übergroßes Herz gehabt.«

»Er hat seine Frau umgebracht!« sagte er mit einem Mal überlaut, hob den Kopf und sah ihr voll ins Gesicht.

»Hat er das selbst gesagt?«

Er hatte Hemmungen, den alten Trick mit dem angeblichen Geständnis anzuwenden.

»Er leugnet noch, aber es nützt ihm nichts. Wir haben Beweise.«

»Daß er einen Mord begangen hat?«

»Daß er in seinem Arbeitszimmer auf Maria geschossen hat.«

Sie war unbewegt sitzengeblieben. Ihre Züge waren etwas erstarrt, man spürte, daß sie fast den Atem anhielt, aber sonst war ihr kein anderes Zeichen von innerer Bewegung anzumerken.

»Welchen Beweis haben Sie?«

»Wir haben die Stelle entdeckt, wo die Leiche seiner Frau in die Seine geworfen worden ist und ebenso ihre Koffer und das Werkzeug des Einbrechers.«

»Aha!«

Mehr sagte sie nicht. Sie wartete, die Hände auf ihr dunkles Kleid gepreßt.

»Ihr Sohn lehnt es ab, Notwehr geltend zu machen. Das ist falsch, denn ich bin überzeugt, daß seine Frau bewaffnet und mit unguten Absichten in sein Arbeitszimmer kam.«

»Warum?«

»Das frage ich Sie!«

»Ich weiß von nichts.«

»Wo waren Sie?«

»Ich habe Ihnen schon gesagt: in meinem Zimmer!«

»Und Sie haben nichts gehört?«

»Nichts. Nur das Zuschlagen einer Tür. Dann ein Motorengeräusch auf der Straße.«

»Das Taxi?«

»Ich nehme an, daß es ein Taxi war, weil meine Schwiegertochter erwähnt hatte, eines holen zu wollen.«

»Sie sind sich aber nicht sicher? Hätte es auch ein normales Auto sein können?«

»Ich habe es nicht gesehen.«

»Hätte es nicht auch der Wagen Ihres Sohnes sein können?«

»Er hat mir versichert, er habe das Haus nicht verlassen.«

»Sie sind sich doch darüber im klaren, daß eine Diskrepanz besteht zwischen Ihren heutigen Antworten und den Aussagen, die Sie mir gegenüber gemacht haben, als Sie freiwillig zu mir gekommen sind?«

»Nein.«

»Sie waren fest davon überzeugt, Ihre Schwiegertochter habe das Haus in einem Taxi verlassen?«

»Das glaube ich immer noch.«

»Aber Sie sind sich dessen jetzt nicht mehr sicher. Sie sind sich auch nicht mehr sicher, daß kein Einbruch bei Ihnen versucht worden ist?«

»Ich habe keinerlei Anzeichen dafür gesehen.«

»Wie spät sind Sie am Mittwochmorgen nach unten gegangen?«

»Gegen halb sieben.«

»Haben Sie das Arbeitszimmer betreten?«

»Nicht sofort. Ich habe zuerst Kaffee gekocht.«

»Sind Sie nicht durch die Räume gegangen und haben die Fenster aufgemacht?«

»Doch, ich glaube, ja.«

»Bevor Ihr Sohn herunterkam?«

»Kann sein.«

»Beschwören können Sie das nicht?«

»Versetzen Sie sich in meine Lage, Monsieur Maigret. Seit zwei Tagen weiß ich nicht mehr, wo vorn und hinten ist. Da werden mir alle möglichen Fragen gestellt. Wieviele Stunden sitze ich jetzt schon im Vorzimmer und warte? Ich bin mit den Nerven am Ende. Ich tue mein möglichstes, um überhaupt durchzuhalten.«

»Warum sind Sie gestern abend hergekommen?«

»Ist es nicht ganz natürlich, daß eine Mutter unter solchen Umständen ihrem Sohn zur Seite steht? Ich habe immer mit ihm zusammen gewohnt. Er kann mich jetzt brauchen.«

»Würden Sie ihm ins Gefängnis folgen?«

»Ich verstehe Sie nicht. Ich nehme nicht an, daß ...«

»Ich will meine Frage anders formulieren: Wenn ich Ihren Sohn unter Anklage stellen würde, würden Sie dann einen Teil der Verantwortung für seine Tat auf sich nehmen?«

»Aber er hat doch gar nichts Böses getan!«

»Wissen Sie das so genau?«

»Warum hätte er denn seine Frau umbringen sollen?«

»Sie weichen einer direkten Antwort aus. Sind Sie felsenfest davon überzeugt, daß er sie nicht ermordet hat?«

»Soweit ich es wissen kann – ja!«

»Besteht doch eine Möglichkeit, daß er es getan hat?«

»Er hatte dazu überhaupt keinen Grund.«

»Er hat es getan!« sagte er brüsk und blickte sie fest an.

Sie blieb unschlüssig sitzen und stieß hervor:

»Aha!«

Dann öffnete sie ihre Handtasche, um ein Taschentuch herauszuholen. Ihre Augen blieben trocken. Sie weinte nicht. Mit dem Taschentuch fuhr sie sich nur über die Lippen.

»Könnte ich ein Glas Wasser haben?«

Er mußte einen Augenblick nach einem Wasserhahn Ausschau halten, denn das Büro war ihm nicht so vertraut wie sein eigenes.

»Sobald der Staatsanwalt heute in den Justizpalast kommt, wird Ihr Sohn unter Anklage gestellt. Ich kann Ihnen jetzt schon sagen, daß er keine Chance hat davonzukommen.«

»Sie geben zu verstehen, daß er ...«

»Es wird ihn seinen Kopf kosten!«

Sie wurde nicht ohnmächtig; mit starrem Blick blieb sie steif auf ihrem Stuhl hocken.

»Seine erste Frau wird man exhumieren. Sie wissen wahrscheinlich, daß man Spuren bestimmter Gifte auch noch an einem Skelett feststellen kann.«

»Warum hätte er sie alle beide umbringen sollen? Das ist doch gar nicht möglich! Es ist nicht wahr, Herr Kommissar! Ich weiß nicht, warum Sie so etwas zu mir sagen, aber ich weigere mich, Ihnen zu glauben!

Lassen Sie mich mit ihm sprechen! Gestatten Sie mir ein Gespräch mit ihm unter vier Augen, dann kriege ich die Wahrheit heraus!«

»Sie haben sich am Dienstag den ganzen Abend in Ihrem Zimmer aufgehalten?«

»Ja.«

»Sie sind auch nicht für einen einzigen Augenblick hinuntergegangen?«

»Nein. Warum hätte ich nach unten gehen sollen, wenn diese Frau doch endlich das Haus verließ?«

Maigret preßte ziemlich lange die Stirn gegen die Fensterscheibe, ging dann in das angrenzende Büro, griff sich die Flasche und trank soviel, wie in drei oder vier Schnapsgläser hineingeht.

Als er wieder hereinkam, hatte er den schweren Schritt Guillaume Serres und dessen eigensinnigen Blick.

## 9

## *Maigret ist nicht gerade stolz auf sein Stück Arbeit, aber er hat nichtsdestoweniger die Genugtuung, jemandem das Leben zu retten*

Er saß in einem Lehnstuhl, der nicht sein eigener war, beide Ellbogen auf den Tisch gestützt, seine größte Pfeife im Mund, die Augen auf die alte Dame gerichtet, die er mit einer Äbtissin verglichen hatte.

»Ihr Sohn, Madame Serre, hat weder seine erste noch seine zweite Frau umgebracht«, sagte er, jede Silbe betonend.

Sie runzelte die Stirn, aber ihr Blick verriet keine Freude.

»Er hat auch seinen Vater nicht umgebracht«, fügte er hinzu.

»Was wollen . . .«

»Pst! . . . Ihr Einverständnis vorausgesetzt, werden wir das Ganze so anständig wie möglich hinter uns bringen. Die Beweise wollen wir im Augenblick mal beiseite lassen. Die kommen zu gegebener Zeit noch dran.

Wir wollen jetzt auch nicht auf dem Fall Ihres Mannes herumreiten. Fast bin ich sicher, daß Ihre erste Schwiegertochter vergiftet worden ist. Ich gehe noch weiter: Ich bin überzeugt, daß es nicht mit Arsenik geschah oder einem anderen der starken Gifte, die gewöhnlich benutzt werden.

Ganz nebenbei gesagt, Madame Serre: Neun von zehn Giftmorden sind das Werk einer Frau!

Ihre erste Schwiegertochter litt ebenso wie die zweite an einer Herzkrankheit. Auch Ihr Mann war herzkrank.

Bestimmte Medikamente, die gesunde Menschen ohne allzu große Nachteile vertragen, können bei Herzkranken tödlich wirken. Ich frage mich, ob uns nicht Maria in einem der Briefe an ihre Freundin den Schlüssel für das Rätsel geliefert hat. Sie erwähnt da eine Reise nach England, die Sie früher einmal mit Ihrem Mann unternommen haben, und hebt hervor, daß alle dermaßen seekrank geworden sind, daß der Schiffsarzt Sie behandeln mußte.

Was wird in einem solchen Fall verordnet?«

»Ich weiß es nicht.«

»Das ist wenig wahrscheinlich. Man verabreicht für gewöhnlich Atropin in irgendeiner Form. Nun kann aber eine etwas stärkere Dosis Atropin bei einem Herzkranken verhängnisvolle Folgen haben.«

»So daß also mein Mann . . .«

»Wir kommen noch darauf zu sprechen, selbst wenn es unmöglich ist, dafür den Beweis zu erbringen. Ihr Mann führte in seinen letzten Lebensjahren ein zügelloses Leben und verpraßte sein Vermögen. Sie haben sich immer davor gefürchtet, in Not zu geraten.«

»Nicht um meinetwillen. Meines Sohnes wegen. Was nicht bedeutet, ich hätte . . .«

»Später hat sich Ihr Sohn dann verheiratet. Eine andere Frau hat in Ihrem Hause gelebt, eine Frau, die auf einmal Ihren Namen trug und dieselben Rechte hatte wie Sie.«

Sie preßte die Lippen zusammen.

»Diese Frau, die gleichfalls eine Herzkrankheit hatte, war reich, reicher als Ihr Sohn, reicher als alle Serres zusammen.«

»Sie behaupten mit anderen Worten, ich hätte sie vergiftet, nachdem ich meinen Mann vergiftet hatte?«

»Ja.«

Sie stieß ein kurzes, gezwungenes Lachen aus.

»Ich habe dann wohl auch meiner zweiten Schwiegertochter Gift gegeben?«

»Die war mutlos geworden und wollte fort, nachdem sie sich vergeblich bemüht hatte, in einem Haus zu leben, das ihr fremd blieb. Wahrscheinlich nahm sie ihr Geld mit. Wie durch Zufall war sie herzkrank.

Wissen Sie, von Anfang an habe ich mir Gedanken darüber gemacht, warum ihre Leiche verschwunden ist. Wenn sie nur vergiftet worden wäre, hätte es genügt, einen Arzt zu rufen, der in Anbetracht von Marias Gesundheitszustand einen Herzanfall festgestellt hätte. Vielleicht hätte dieser Anfall sich sogar später ereignen sollen, im Taxi, auf dem Bahnhof oder im Zug.«

»Sie scheinen sich Ihrer Sache sehr sicher zu sein, Monsieur Maigret!«

»Ich weiß, daß ein Ereignis eingetreten ist, das Ihren Sohn gezwungen hat, auf seine Frau zu schießen. Nehmen wir an, daß Maria in dem Augenblick, als sie weggehen und ein Taxi holen oder, was wahrscheinlicher ist, telefonisch eines bestellen wollte, gewisse Symptome gespürt hat.

Sie kannte Sie beide genau, nachdem sie zweieinhalb Jahre lang mit Ihnen unter einem Dach gelebt hatte. Sie hat viel gelesen, Bücher der unterschiedlichsten Wissensgebiete, und ich wäre nicht überrascht, wenn sie sich bestimmte medizinische Kenntnisse angeeignet hätte. In dem Bewußtsein, vergiftet worden zu sein, ist sie in das Arbeitszimmer Ihres Sohnes gekommen, wo Sie sich befanden.«

»Warum behaupten Sie, ich sei dort gewesen?«

»Weil sie sich fatalerweise mit Ihnen gezankt hat. Wenn Sie in Ihrem Zimmer gewesen wären, wäre sie nach oben gegangen.

Ich weiß nicht, ob sie Sie mit ihrem Revolver bedroht oder ob sie nur die Hand nach dem Telefon ausgestreckt hat, um die Polizei zu rufen.

Ihnen blieb nur ein Ausweg: sie zu töten.«

»Und Sie glauben also, ich hätte . . .«

»Nein. Ich habe Ihnen schon gesagt, daß wahrscheinlich Ihr Sohn den Schuß abgegeben hat oder, wenn Sie so wollen, Ihre Arbeit vollendet hat.«

Die Morgendämmerung verlieh dem Lampenlicht einen schmutzig grauen Schimmer. Die Gesichtszüge wirkten dadurch wie gemeißelt. Das Telefon klingelte.

»Sind Sie's, Chef? Ich bin mit der Analyse fertig. Es ist so gut wie sicher, daß die Ziegelkrümel im Auto aus Billancourt stammen!«

»Du kannst schlafen gehen, mein Junge. Deine Arbeit ist getan.«

Er stand abermals auf und ging im Zimmer herum.

»Ihr Sohn, Madame Serre, ist entschlossen, alles auf sich zu nehmen. Ich sehe keine Möglichkeit, ihn daran zu hindern. Wenn er imstande gewesen ist, soviele Stunden lang zu schweigen, wird er es auch fertigbringen, bis zum Schluß zu schweigen. Es sei denn . . .«

»Es sei denn . . .?«

»Ich weiß nicht. Ich habe laut nachgedacht. Vor zwei Jahren habe ich einen ebenso robusten Mann in meinem Büro gehabt, der nach fünfzehn Stunden die Zähne noch nicht auseinander bekommen hatte.«

Er riß mit jäher Geste in einer Art Wutanfall das Fenster auf.

»Es hat siebenundzwanzig Stunden gedauert, bis er mit den Nerven am Ende war.«

»Hat er dann geredet?«

»Er hat alles in einem Atemzug erzählt, als verschaffte ihm das Erleichterung.«

»Ich habe niemanden vergiftet.«

»Nicht von Ihnen will ich die Antwort haben.«

»Von meinem Sohn?«

»Ja. Er ist überzeugt, daß Sie es nur um seinetwillen getan haben, halb aus Angst, ihn mittellos dastehen zu sehen, halb aus Eifersucht.«

Er mußte sich zusammennehmen, sie nicht trotz ihres Alters zu schlagen, denn auf ihren schmalen Lippen zeichnete sich ungewollt ein Lächeln ab.

»Das ist aber ein Irrtum!« stieß er hervor.

Dann ging er nahe an sie heran, und Auge in Auge, seinen Atem auf dem Gesicht der Frau, hämmerte seine Stimme auf sie ein:

»Nicht seinetwegen haben Sie Angst vor der Not gehabt, sondern um Ihrer selbst willen! Nicht seinetwegen haben Sie gemordet, und wenn Sie heute nacht hier sind, dann nur, weil Sie befürchteten, er werde alles erzählen.«

Sie versuchte, ihm auszuweichen; sie lehnte sich auf ihrem Stuhl weit zurück, denn Maigrets Gesicht kam immer näher, unerbittlich, drohend.

»Was kümmert es Sie, daß er ins Gefängnis kommt oder sogar hingerichtet wird, wenn Sie nur die Gewißheit haben, aus der Sache herauszubleiben. Sie sind überzeugt, daß Sie noch jahrelang in Ihrem Haus leben, Ihr Geld zählen können . . .«

Sie hatte Angst bekommen. Ihr Mund öffnete sich, als ob sie um Hilfe rufen wollte. Plötzlich entriß Maigret mit einer unvorhergesehenen brutalen Bewegung ihren alten Händen die Handtasche, an der sie sich festklammerte.

Sie stieß einen Schrei aus und stürzte sich auf ihn, um sie wiederzubekommen.

»Setzen Sie sich!«

Er hakte den silbernen Verschluß auf. Ganz unten, unter den Handschuhen, dem Portemonnaie, dem Taschentuch und der Puderdose, fand er ein zusammengefaltetes Stück Papier mit zwei weißen Tabletten darin.

Es war still um sie herum wie in einer Kirche oder einer Grotte. Maigret rekelte sich, nahm wieder Platz und betätigte eine elektrische Klingel.

Als die Tür aufging, sagte er, ohne einen Blick auf den eintretenden Inspektor zu werfen:

»Sag Janvier, er soll ihn in Ruhe lassen.«

Und als der Polizeibeamte erstaunt stehenblieb:

»Es ist vorbei. Sie gesteht.«

»Ich habe überhaupt nichts gestanden!«

Er wartete, bis sich die Tür wieder geschlossen hatte.

»Es kommt auf dasselbe heraus. Ich hätte das Experiment zu Ende führen, hätte Ihnen das Gespräch unter vier Augen mit Ihrem Sohn bewilligen können, um das Sie mich gebeten hatten. Finden Sie nicht, daß es für eine einzige alte Frau schon genug Leichen gibt?«

»Sie wollen sagen, ich hätte . . .«

Er spielte mit den Tabletten.

»Sie hätten ihm sein Medikament gegeben, besser gesagt, das, was er dafür gehalten hätte, und es hätte nie mehr das Risiko bestanden, daß er redete.«

Büschel von Sonnenstrahlen begannen über die Dachfirste zu klettern. Das Telefon klingelte wieder.

»Kommissar Maigret? Hier ist die Wasserpolizei. Wir sind in Billancourt. Der Taucher ist gerade zum erstenmal unten gewesen und hat einen großen, ziemlich schweren Koffer entdeckt.«

»Der Rest kommt auch noch!« sagte er, ohne weitere Fragen zu stellen.

Ein abgespannter und überraschter Janvier zeigte sich im Türrahmen.

»Man sagt mir, daß . . .«

»Bring sie ins Untersuchungsgefängnis! Den Mann auch, wegen Beihilfe. Ich suche den Staatsanwalt auf, sobald er ins Haus kommt.«

Er kümmerte sich nicht mehr um die beiden, weder um die Mutter noch um den Sohn.

»Sie können nach Hause gehen und sich schlafen legen«, sagte er zu dem Übersetzer.

»Fertig?«

»Für heute.«

Der Zahnarzt war nicht mehr da, als er in sein Büro kam, aber im Aschenbecher lagen pechschwarze Zigarrenstummel. Er setzte sich in seinen Sessel und war nahe daran, einzunicken, als ihm die Bohnenstange einfiel.

Er fand sie im Wartezimmer, wo sie eingeschlafen war. Er rüttelte sie an der Schulter, und mit einer instinktiven Geste rückte sie ihren grünen Hut zurecht.

»Das wär's. Du kannst gehen.«

»Hat er gestanden?«

»Sie war es.«

»Was? Die Alte hat . . .«

»Später!« brummte er.

Dann drehte er sich doch noch einmal um, denn irgendwie schlug ihm das Gewissen.

»Vielen Dank auch noch! Wenn Alfred zurückkommt, rate ihm . . .«

Wozu eigentlich? Nichts würde den Traurigen von seiner Manie heilen, Geldschränke zu knacken, die er früher selbst eingebaut hatte, und auch nicht davon, jedesmal überzeugt zu sein, es sei das letzte Mal und jetzt könne er wirklich aufs Land ziehen.

In Anbetracht ihres Alters wurde die alte Madame Serre nicht hingerichtet und verließ das Schwurgericht mit der befriedigten Miene eines Menschen, der endlich Ordnung im Frauengefängnis schaffen will.

Als ihr Sohn nach zwei Jahren aus dem Zuchthaus in Fresnes entlassen wurde, begab er sich schnurstracks in das Haus in der Rue de la Ferme und machte am gleichen Abend seine Runde im Viertel, die ihm zur Gewohnheit geworden war, als er noch einen Hund ausführen mußte.

Er trank weiter seinen Rotwein in der kleinen Bar und warf, bevor er hineinging, wie früher einen ängstlichen Blick in beide Richtungen der Straße.

*8. Mai 1951*